Ernst Mayer

Anleitung zum technischen Zeichnen

SALZWASSER
VERLAG

Ernst Mayer

Anleitung zum technischen Zeichnen

1. Auflage | ISBN: 978-3-75250-257-2

Erscheinungsort: Frankfurt am Main, Deutschland

Erscheinungsjahr: 2020

Salzwasser Verlag GmbH, Deutschland.

Nachdruck des Originals von 1869.

ANLEITUNG

ZUM

TECHNISCHEN ZEICHNEN.

VON

ERNST MAYER.

K. K. HYDROGRAPH UND PROFESSOR AN DER MARINE- AKADEMIE IN FIUME.

MIT 116 IN DEN TEXT GEDRUCKTEN HOLZSCHNITTEN UND ZWEI LITHOGRAPHIRTEN TAFELN.

WIEN.

VERLAG DER K. K. MARINE-AKADEMIE.

1869.

VORWORT.

Der vorliegende Leitfaden, welcher zunächst als Handbuch für die Zöglinge der k. k. Marine-Akademie bestimmt ist, soll denselben ebensowohl für das Verständniss, als auch für die Anfertigung richtiger technischer Zeichnungen die erste Anleitung geben. — Es konnte daher nicht im Plane des Verfassers liegen, sich in eine nach allen Richtungen erschöpfende Behandlung des ganzen technischen Zeichnens einzulassen, da eine solche auch die detaillirte Behandlung aller Gebiete der darstellenden Geometrie mit einschliessen müsste, was bei dem speciellen Zwecke des Leitfadens unthunlich war. Vielmehr musste bei der Zusammenstellung auf mancherlei Umstände, — insbesondere aber auf die verhältnissmässig kurze Zeit, welche diesem Gegenstande an der obgenannten Anstalt gewidmet werden kann, Rücksicht genommen werden.

Probleme, welche in der Praxis nur selten eine Anwendung finden, wurden entweder ganz weggelassen, oder wo deren Angabe doch wünschenswerth schien, gleich den Anmerkungen, nur durch kleinern Druck, zwischen den übrigen Text eingestellt.

Der Verfasser hofft zunächst mit dem vorliegenden Werke einem gefühlten Mangel an der k. k. Marine-Akademie abzuhelfen; — es würde demselben jedoch die grösste Befriedigung gewähren, wenn das Werk auch ausserhalb derselben, bei angehenden technischen Zeichnern, Verbreitung gewinnen sollte.

Fiume, im März 1869.

Der Verfasser.

Inhalt.

Einleitung.

Erster Theil.

A. 1. Das Zeichnen im Grund- und Aufrisse.

Benützte Werke:

F. Wolff. · Die beschreibende Geometrie, die geometrische Zeichenkunst und die Perspective.

J. Hönig. — Anleitung zum Studium der darstellenden Geometrie.

Dr. C. F. Dietzel. – Leitfaden für den Unterricht im technischen Zeichnen.

R. S. Schnedar. Grundzüge der darstellenden Geometrie.

G. A. V. Peschka und E. Koutny. — Freie Perspective.

N. Fialkowski. — Die zeichnende Geometrie.

F. Hartner — Handbuch der niedern Geodäsie.

Druckfehler.

a) In dem Texte.

Einleitung.

Allgemeine Bemerkungen.

§. 1.

Man gelangt sicherlich zur deutlichsten Vorstellung eines Gegenstandes, wenn man denselben in seiner natürlichen Grösse und materiell ausgeführt betrachten kann. Da dies jedoch in den seltensten Fällen möglich ist, indem einerseits der Zweck und die Ausdehnung vieler, besonders technischer Objecte, eine directe Betrachtung unmöglich machen, anderseits aber sehr oft nöthig ist, sich gerade solche Gegenstände gut gegenwärtig zu halten, welche erst zu construiren und auszuführen sind, so stellt man dieselben bildlich dar. Diese Darstellung ist nur eine relative, eine graphische, und besteht dem Wesen nach darin, dass man den darzustellenden Gegenstand in eine Beziehung zu denjenigen Objecten bringt, welche ihn umgeben. Zu diesem Zwecke bedient man sich gewöhnlich einer ebenen Fläche, Bildfläche oder Bildebene genannt, und eines Systems von Linien, durch welches man zwischen der Bildfläche und dem Gegenstande eine gewisse Beziehung herstellt, die mit dem Sehen unmittelbar zusammenhängt, da die Sehestrahlen vom Auge zu den einzelnen Punkten des Körpers das Liniensystem bilden, während eine Ebene die Bildfläche vorstellt, auf welcher die Durchschnitte der Sehestrahlen, entsprechend verbunden, das Bild des Körpers bestimmen.

1

§. 2.

Um das Gesagte anschaulicher zu machen, denke man
sich einen Gegenstand durch ein Fenster angesehen; vom Auge,
das sich möglichst ruhig an einem Punkte befinde, denke man
sich zu den Ecken und Grenzen desselben Sehestrahlen gezogen und diejenigen Punkte am Fenster markirt, in welchen
die Sehestrahlen dasselbe tref-
fen: so erhält man durch die
gehörige Verbindung dieser
Punkte ein Bild des betrachteten Gegenstandes. Stellt z. B.
NO in Fig. 1 das Fenster vor,
durch welches das Auge A
ein Dreieck abc sieht, so ist
$a'b'c'$ das Bild dieses Dreiecks,
wenn a', b' und c' diejenigen
Punkte bezeichnen, in welchen
die Sehestrahlen nach a, b
und c das Fenster treffen.

Fig. 1.

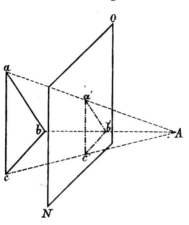

Auf dieselbe Art kann man sich auch leicht die Ueberzeugung verschaffen, dass die Grösse des Bildes von der Entfernung des Gegenstandes vom Auge abhängt; vorausgesetzt,
dass der Abstand des Auges von der Bildebene ein und derselbe bleibt. Gegenstände
von verschiedener Grösse,
wie ab und mn (Fig. 2)
können gleich grosse Bilder
$a'b'$ geben, wenn sie ungleiche Entfernungen vom
Auge haben; und umge-
kehrt geben wieder gleich
grosse Gegenstände, wie ab
und cd ungleiche Bilder $a'b'$
und $c'b'$, wenn sie verschieden weit vom Auge abste-
hen. Bei der bildlichen Dar-

Fig. 2.

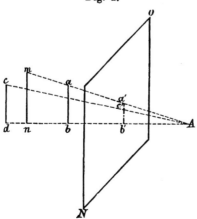

stellung eines Körpers werden daher von seinen in Wirklichkeit gleichen Linien und Flächen diejenigen, welche dem Auge näher liegen, grösser erscheinen, als die entfernter gelegenen Theile; — ein Umstand, welcher eine derartige Darstellung für die meisten Zwecke des technischen Zeichnens ganz unbrauchbar macht.

§. 3.

Je weiter sich aber das Auge von der Bildebene entfernt, desto weniger werden die Sehestrahlen convergiren und desto mehr werden sich die Bilder gleicher Gegenstände an Grösse gleichen. Rückt man endlich das Auge unendlich weit vom Gegenstande weg, so werden die Sehestrahlen zu einander parallel und die Bilder stellen die Gegenstände und ihre Theile in der wahren Grösse dar. Es ist klar, dass in Wirklichkeit das Auge nie unendlich weit vom Gegenstande entfernt sein kann, und dass diese Lage des Auges nur denkbar, nicht aber auch praktisch möglich ist. Je nachdem nun das Auge in der Nähe des Gegenstandes oder unendlich weit von demselben entfernt gedacht wird, hat man zwei Arten von Bildern zu unterscheiden. Befindet sich nämlich das Auge bei der Darstellung des Bildes in einer endlichen Entfernung vom Gegenstande, so nennt man das erhaltene Bild ein perspectivisches; denkt man sich aber das Auge vom Gegenstande unendlich weit entfernt, so erhält man ein geometrisches Bild (im engern Sinne) oder die Projection des Gegenstandes.

Zwischen der Bildebene und dem Gegenstande wird immer eine endliche Entfernung vorausgesetzt. — Das perspectivische Bild wird ein natürliches, die Projection dagegen ein künstliches Bild genannt, denn bei der perspectivischen Darstellung macht das Bild auf uns wirklich den Eindruck, welchen der Gegenstand selbst hervorbringt, wenn sich das Auge an einem bestimmten Standpunkte befindet. Die Projection aber lässt den Gegenstand durch den blossen Anblick häufig noch nicht erkennen, sondern es gehören Schlüsse und Folgerungen dazu, um sich den Gegenstand im Raume klar vorzustellen, da bei der Zeichnung der Projection dem Auge eine künstliche, eben nur gedachte Lage gegeben wird. Es muss zwar jedes Bild deutlich sein, d. h. man muss durch richtige Betrachtung desselben zu einer genauen Vorstellung des dargestellten Gegenstandes gelangen; allein bei einem technischen Gegenstande genügt es nicht, dass nur die Gestalt und die Lage seiner einzelnen Theile genau zu erkennen ist, sondern es müssen auch alle Dimensionen mit Leichtigkeit aufzufinden sein, um darnach den Gegenstand anfertigen zu können. Schon daraus geht genügend hervor, dass der Zweck einer Zeichnung die eine oder die andere Darstellungsweise bedingen wird. Ist nun die perspectivische Methode der Darstellung hauptsächlich geeignet, möglichst naturgetreue Bilder von den Gegenständen zu liefern, so wird man in allen jenen Fällen, in welchen die Zeichnung den Gegenstand in seiner ganzen äussern Gestalt und nach allen seinen Dimensionen erkennen lassen soll, nur Projectionen anwenden.

§. 4.

Die Ausdrücke: Bild, Sehestrahl und Bildebene oder Tafel werden nur in der perspectivischen Darstellung beibehalten, während man bei der Darstellung der Projectionen die Sehestrahlen Projectionslinien oder projicirende Gerade, die Bildebene Projectionsebene und die Bilder Projectionen nennt. Diese Ausdrücke sollen von nun an in allen jenen Fällen beibehalten werden, in welchen von den Projectionen die Rede ist. — Das Bild (Projection) eines Gegenstandes gibt uns natürlich immer nur seine Grenzen an. Da jeder zusammengesetzte Gegenstand aus einfachen Körpern besteht, da ferner jeder Körper von Flächen, jede Fläche von Linien und jede Linie endlich von Punkten begrenzt ist, so wird es sich eigentlich vor Allem um die Darstellung eines Punktes handeln. Wir können daher vorläufig nur die Darstellung des Punktes in's Auge fassen, um mittelst dieser die Unterschiede der einzelnen Projectionsmethoden, möglichst einfach und doch genau auseinander zu setzen.

§. 5.

Sind MN (Fig. 3) die Bildebene, b und c zwei Punkte
im Raume, — stellen ferner Ax und Ay die beiden Sehestrahlen

Fig. 3.

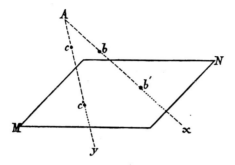

vom Auge A nach den Punkten b und c vor, so sind b' und c',
als Durchschnittspunkte der Sehestrahlen mit der
Bildebene MN die perspectivischen Bilder der
Punkte b und c.

Die Punkte b' und c' werden auch polare oder centrale Projectionen genannt, wenn A nicht das Auge, sondern irgend einen andern
Punkt (Pol oder Centrum) vorstellt, von dem die Projectionslinien (Leit-
strahlen) ausgehen.

Denkt man sich jedoch das Auge unendlich weit von der
Bildebene entfernt, so werden die Sehestrahlen (projicirenden
Geraden) unter einander parallel. Stellen in Fig. 4 wie zuvor

Fig. 4.

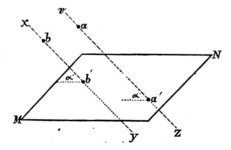

MN die Projectionsebene, a und b die Punkte im Raume; xy
und vz die zu einander parallelen Projectionslinien vor, so

6

sind a' und b', als Durchschnittspunkte dieser letztern mit der Projectionsebene *MN*, die Projectionen der Punkte *a* und *b*. Diese Projectionen a' und b' heissen schiefe geometrische Projectionen, wenn die projicirenden Geraden gegen die Projectionsebene geneigt sind, so dass jede derselben mit der Projectionsebene einen Winkel $\alpha < 90^0$ einschliesst. Stehen die projicirenden Geraden aber senkrecht auf der Pro-

Fig. 5.

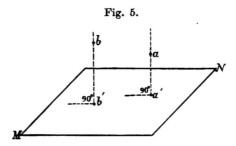

jectionsebene (Fig. 5), wird also $\alpha = 90^0$, so werden a' und b' die orthogonalen oder rechtwinkligen Projectionen der Punkte *a* und *b* genannt.

Man kann die Projectionen auch bei einer endlichen Entfernung des Auges erhalten, wenn dasselbe in der jedesmaligen projicirenden Geraden gedacht wird.

Die Projectionslinien werden nur so lang gezogen, als es bei der Darstellung nöthig ist, d. i. zwischen den Punkten im Raume und der Projectionsebene. Bei der orthogonalen Projection reducirt sich dies auf das Fällen von Perpendikeln aus Punkten im Raume auf eine Ebene.

Die orthogonale Projectionsmethode eignet sich besonders für die Darstellung technischer Objecte und wird für solche auch fast ausschliesslich angewendet. Die schiefe geometrische Projection findet hauptsächlich bei der Schattenbestimmung und manchmal anstatt der Perspective ihre Anwendung, daher sie dort näher betrachtet werden soll.

§. 6.

Wenn man einen Punkt in seiner projicirenden Geraden verschiebt, so erhält man in jeder Projectionsart doch immer wieder die nämliche Projection, woraus zu ersehen ist, dass die Lage eines Punktes im Raume durch eine Projection ohne weitere Bestimmung, noch nicht bekannt ist. Seine Lage kann nun auf die mannigfaltigste Weise ganz genau fixirt werden. Gewöhnlich geschieht dies dadurch, dass man noch eine zweite Projectionsebene annimmt, welche auf der ersten senkrecht steht und mit ihr fest verbunden ist; wiewohl der Neigungswinkel der beiden Projectionsebenen auch ein anderer bekannter Winkel sein könnte. Wird nun auf beiden Projectionsebenen die Projection des Punktes bestimmt, so kann die Lage desselben im Raume jedesmal genau angegeben werden, was in der Folge noch ersichtlicher behandelt wird.

Von den beiden Projectionsebenen wird die eine horizontal und die zweite vertical angenommen. Dies geschieht aus dem Grunde, weil die Linien an den Gegenständen vorherrschend vertical und horizontal sind, und dadurch in der Zeichnung ihre natürliche Lage behalten. Entsprechend der Lage der Ebenen unterscheidet man eine horizontale und eine verticale Projectionsebene. Eine Darstellung auf der horizontalen Projectionsebene heisst der Grundriss oder die Horizontalprojection des Körpers. In der orthogonalen Projection hat man sich dabei das Auge unendlich weit über oder unter der Projectionsebene zu denken. Eine Darstellung auf der verticalen Projectionsebene heisst der Aufriss oder die Verticalprojection des Körpers. Das Auge befindet sich vor oder hinter der Projectionsebene in unendlicher Entfernung.

Man gebraucht für Grundriss auch die Ausdrücke: obere Ansicht (Draufsicht) und untere Ansicht (Druntersicht); — und für Aufriss: vordere und hintere Ansicht, je nachdem man vom Gegenstande die dem Beschauer zugewendeten oder jene Flächen darstellt, welche der Bildfläche zugekehrt sind; vorausgesetzt, dass sich der Gegenstand zwischen dem Beschauer und der Bildebene befindet.

Grund- und Aufriss zusammen bilden den Entwurf eines Gegenstandes, welcher eine Linearzeichnung genannt wird, wenn er den Gegenstand nur durch einfache Linien darstellt.

Die Darstellung eines Körpers auf einer verticalen Ebene, welche auf beiden bereits definirten Projectionsebenen senkrecht steht, wird die Seitenansicht oder der Kreuzriss des Körpers genannt, während die letzt hinzugekommene Verticalebene selbst die Kreuzrissebene heisst.

Die Projectionen geben uns nur ein Bild von der äussern Form und Gestalt eines Gegenstandes. Oft ist es jedoch auch nöthig, die Beschaffenheit eines Objectes in seinem Innern zu kennen. Für diesen Fall denkt man sich den Gegenstand durch eine Ebene geschnitten, einen Theil weggenommen und den andern an seiner Durchschnittsfläche orthogonal dargestellt, wodurch man hauptsächlich das Aussehen des Objectes an der Schnittfläche bekommt. Dies nennt man einen Durchschnitt. Um die durchschnittenen Theile des Gegenstandes von den übrigen zu unterscheiden, werden selbe gleichmässig schraffirt und damit auch das Material der geschnittenen Theile erkenntlich werde, übergeht man vor der Schraffirung die geschnittenen Flächen mit einem Farbenton, welcher eben dem Materiale an den Durchschnittsstellen entspricht.

Auf technischen Zeichnungen werden für gewisse Materialien bestimmte Farben angewendet.

Je nach der Lage der schneidenden Ebene unterscheidet man: schiefe, verticale und horizontale Durchschnitte. Bei den verticalen Durchschnitten unterscheidet man noch einen Längenschnitt (Längendurchschnitt) und einen Querschnitt (Querdurchschnitt). Beim Längenschnitt wird der Körper durch eine Verticalebene nach seiner grössern, beim Querschnitt durch eine solche nach seiner geringern Hauptausdehnung durchschnitten. Unter einem Profil versteht man gewöhnlich die Zeichnung der äussern Umrisse eines Verticaldurchschnittes mit der Oberfläche des Gegenstandes und zwar in der Schnittebene selbst dargestellt. Je nachdem ein Quer- oder Längenschnitt an den Körper geführt wurde, werden auch Quer- und Längenprofile unterschieden. Wenn die schneidende Ebene senkrecht auf einer Projectionsebene steht, so hat sie eine gerade Linie als Projection und der Schnitt wird dann einfach dadurch benannt, dass man die Enden dieser Geraden durch Buchstaben, z. B. m und n bezeichnet, und alsdann sagt: Schnitt nach mn.

Verjüngte Massstäbe.

§. 7.

Nur selten können technische Zeichnungen in der natürlichen Grösse der Gegenstände selbst ausgeführt werden, nicht
nur weil die Papiergrösse der Ausdehnung der Zeichnung eine
Grenze setzt, sondern auch weil die Uebersichtlichkeit des durch
die Zeichnung dargestellten Gegenstandes verringert wird. Die
Verkleinerung der Dimensionen muss auf der ganzen Darstellung
nothwendig eine gleichmässige sein. Die Winkel jedoch werden
hiedurch nicht verändert, sondern müssen in ihrer natürlichen
Grösse beibehalten werden. Nimmt man aber bei der bildlichen
Darstellung eines Gegenstandes nicht seine wahren Längen
selbst, sondern nur bestimmte aliquote Theile derselben, so erhält man ein verkleinertes oder verjüngtes Bild des
Gegenstandes und diejenige Verhältnisszahl, welche das Verhältniss der Linienlängen auf der Zeichnung zu den gleichnamigen am
Gegenstande angibt, heisst das Verjüngungsverhältniss.
Diese Zahl ist für verjüngte Bilder immer ein echter Bruch, in
welchem sich der Zähler auf die Zeichnung und der Nenner
auf die Natur bezieht, wobei selbstverständlich Zähler und
Nenner gleichnamig sein müssen. Entspricht z. B. jedem Zolle
auf der Zeichnung die Länge eines Fusses in der Natur, so
besteht für diese Verkleinerung das Verjüngungsverhältniss $\frac{1}{12}$.
Man schreibt:

$$1'' = 12'' \text{ und sagt:}$$

ein Zoll der Zeichnung ist gleich zwölf Zollen der
Natur.

Jeder Zoll der Zeichnung heisst in diesem Falle ein
verjüngter Fuss. Dem anolog würde man einen Zoll eine
verjüngte Klafter nennen, wenn ein Zoll der Zeichnung die
Länge einer Klafter am Gegenstande bedeuten würde. Um
aus den einzelnen Linien eines verjüngten Bildes, gleich auf
ihre wahren Längen am Gegenstande selbst schliessen zu können,
fertigt man verjüngte Massstäbe an. Es erscheint zweckmässig
das Wichtigste über diese Massstäbe hier anzugeben.

10

§. 8.

Ein Massstab überhaupt ist ,eine Vorrichtung, mittelst
welcher man die Längendimensionen eines Gegenstandes bequem
und schnell abnehmen und angeben kann. Ein verjüngter
Massstab muss aber so beschaffen sein, dass er die Linien, wie
sie für die Grösse der Zeichnung erforderlich sind, mit der Bezeichnung ihrer wahren Längen in der Natur angibt; — derselbe
wird also zum natürlichen in dem nämlichen Verhältnisse stehen
müssen, in welchem jede Länge der Zeichnung zu der ihr
gleichnamigen am Gegenstande steht. Die Construction der
verjüngten Massstäbe wird sich nach dem jedesmaligen Verjüngungsverhältnisse richten, das durch den Zweck der Zeichnung schon gegeben ist. Es wird kaum nöthig sein zu erwähnen, dass die Grösse des Papiers nie bestimmend für den
Massstab sein soll, denn der Zweck einer Zeichnung bestimmt
das Verjüngungsverhältniss, dieses den verjüngten Massstab,
nach welchem erst die Form und Grösse des Papieres einzurichten ist. Die Verkleinerung der Dimensionen kann jedoch
nicht beliebig weit getrieben werden, da das Verjüngungsverhältniss seine Grenze hat, indem eine Länge unter $\frac{1}{200}$ eines
Zolles im allgemeinen mit freiem Auge nicht mehr sichtbar ist.
Soll also beispielsweise eine Länge von $\frac{1}{4}$ Zoll des Gegenstandes
auf der Zeichnung noch ersichtlich sein, so darf höchstens:
$\frac{1}{4}$ Zoll des Gegenstandes = $\frac{1}{200}$ Zollen der Zeichnung gemacht
werden. Das Verjüngungsverhältniss für diesen Fall ist $\frac{1}{50}$, —
und jeder Zoll der Zeichnung wird 50 Zolle am Gegenstande
bedeuten.

§. 9.

Um für das zuerst angenommene Verjüngungsverhältniss $\frac{1}{12}$,
d. i. $1'' = 12''$, den verjüngten Massstab zu zeichnen, trägt
man auf einer Linie ab (Fig. 6, Tafel I) einen Zoll mehrmals
auf und bezeichnet die erhaltenen Punkte durch kurze Querstriche, wie dies aus der beigegebenen Figur ersichtlich ist. Es
bedeutet nun jeder Zoll der Zeichnung einen verjüngten Schuh.
Der letzte verjüngte Schuh (Fuss) links am Massstabe, wird mit 0

überschrieben und in Unterabtheilungen eingetheilt, welche für diesen Fall verjüngte Zolle angeben. Die Beschreibung, welche übersichtlich sein muss, geschieht dem Wesen nach so, dass die Haupttheile von 0 nach rechts, die Unterabtheilungen aber von 0 nach links eine fortlaufende Bezeichnung erhalten. Die Zahlen rechts von dem mit 0 überschriebenen Querstriche geben verjüngte Schuhe, jene nach links aber verjüngte Zolle an. — Es ist gut den Massstab so lang zu machen, dass man die grösste Länge der Zeichnung auf einmal abnehmen kann.

§. 10.

Es sei 1 Zoll der Zeichnung gleich 1 Klafter am Gegenstande und dafür der verjüngte Massstab zu construiren. Das Verjüngungsverhältniss ist $\frac{1}{72}$, — welches bei Bauplänen fast allgemein in Anwendung kommt. Fig. 7 (Tafel I) stellt den verjüngten Massstab vor, an dem jeder Zoll der Zeichnung eine Klafter der Natur bedeutet und somit verjüngte Klafter heisst. Die letzte verjüngte Klafter links wird in sechs verjüngte Schuhe und der letzte verjüngte Schuh noch allenfalls in verjüngte Zolle abgetheilt. Die Beschreibung geschieht wieder für die verjüngten Klafter (Haupttheile) von 0 nach rechts und für die verjüngten Schuhe (Unterabtheilungen) von 0 nach links.

Beim Bestimmen der Unterabtheilungen bedenke man, dass, wenn eine Seite ac eines Dreiecks abc (Fig. 8) in mehrere gleiche Theile getheilt wird und aus den Theilpunkten Parallele zur zweiten Dreiecksseite ab gezogen werden, dadurch auch die dritte Dreiecksseite bc in eben so viele gleiche Theile als ac getheilt wird. Ist daher die Linie mn (Fig. 9) in zwölf gleiche Theile zu theilen, so ziehe man aus m unter einem beliebigen Winkel die Gerade mX und trage darauf von m aus mit einer beliebigen Zirkelöffnung 12 gleiche Theile auf. Wird dann der Punkt 12 mit n verbunden und zu dieser Linie aus den Punkten 11, 10, 9 u. s. w. Parallele

Fig. 8.

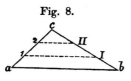

Fig. 9.

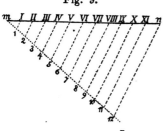

12

gezogen, so theilen diese die Gerade *m n* in 12 gleiche Theile. Es muss
jedoch bei der Construction die grösste Genauigkeit beobachtet werden,
um eine richtige und gleichmässige Theilung zu erhalten.

§. 11.

Hat man nach einem solchen Massstabe eine Länge zu
bestimmen, so fasst man dieselbe in den Zirkel, setzt die rechte
Zirkelspitze an einem solchen Haupttheilstriche des Massstabes
ein, dass die linke Spitze auf die Unterabtheilungen zu liegen
kommt, wo dann das Ablesen keiner weitern Schwierigkeit
mehr unterliegt, indem die Zahl am Theilstriche bei der rechten
Zirkelspitze die Haupttheile und jene bei der linken Spitze die
Unterabtheilungen der in den Zirkel gefassten Länge angibt.
So ist z. B. die Linie *a b* (Fig. 10) nach dem verjüngten Massstabe $1'' = 1^0 \ldots 1^0 \ 5'$ und die $c d \ldots 2^0 \ 0' \ 6''$ lang.

Fig. 10.

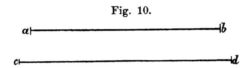

Ebenso einfach wird es sein, eine gegebene Länge in den
Zirkel zu fassen (vom Massstabe abzunehmen). — Soll z. B.
nach demselben verjüngten Massstabe die Länge von $2^0 \ 1'$ abgenommen werden, so wird man die rechte Zirkelspitze beim
Haupttheile 2^0 einsetzen und den Zirkel so weit eröffnen, bis
seine linke Spitze auf den mit 1 bezeichneten Theilstrich der
Unterabtheilungen fällt. Von $1'$ bis 0^0 ist ein Fuss und von 0^0
bis 2^0 sind zwei Klafter, daher zusammen $2^0 \ 1'$.

§. 12.

Wenn die Unterabtheilungen eines Massstabes dadurch
sehr klein werden, dass eine geringe Länge in verhältnissmässig
viele gleiche Theile zu theilen ist, so zeichnet man sogenannte
Transversalmassstäbe. Durch dieselben erreicht man
hauptsächlich den Vortheil, mit den Spitzen des Zirkels nicht

13

immer auf einer und derselben Linie einsetzen, und sie zerstechen zu müssen, da verschiedene Längen auf verschiedenen Linien abgenommen werden. Die Construction der Transversalmassstäbe beruht auf der zweckmässigen Zerlegung einer zusammengesetzten Zahl in Factoren, welche man geometrisch construirt. — Wäre allgemein die Linie *a b* z. B. in a c h t gleiche Theile zu theilen, so zerlegt man die Zahl 8 in die beiden Factoren 4 und 2. Theilt man nun die Linie *a b* (Fig. 11) in so viele gleiche Theile, als einer der beiden Factoren Einheiten hat (hier 4) und trägt auf die beiden Senkrechten *a x* und *b y*, welche in den Endpunkten der *ab* errichtet wurden, ein beliebiges Linienstück so oft auf, als der zweite Factor Einheiten enthält (hier 2), so ergeben sich durch die Verbindung der Punkte *m* mit *n* und *o* mit *p* Linien, welche zur Geraden *ab* parallel sind. Zieht man noch die Transversale *IIIp* und aus *II, I* und *a* Parallele zu derselben, so werden die Linien *mn* und *op* in den Punkten *c, f, g, h, k, l* und *i* geschnitten. Wenn aus diesen Punkten Senkrechte auf die Gerade *ab* gefällt werden, so muss letztere durch dieselben in acht gleiche Theile getheilt werden, denn es ist leicht einzusehen, dass die kleinen schraffirten Dreiecke unter einander congruent sind und daher:

Fig. 11.

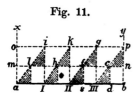

$$cn = db = dIII$$
$$cf = gp = II,III$$

u. s. w. ist.

Sollen nun von der Länge der Linie *a b* ... $\frac{1}{k}$, $\frac{2}{k}$, $\frac{3}{k}$ etc. abgenommen werden, so wird es einerlei sein, ob *db* oder *c n*, *IIIb* oder *gp*, *s b* oder *fn* etc. in den Zirkel gefasst wird. Nach dem Gesagten wird es leicht sein, in jedem besonderen Falle einen Transversalmassstab anzufertigen.

§. 13.

Bedeutet z. B. 1 Zoll der Zeichnung 100 Zolle der Natur und ist dafür ein verjüngter Massstab anzufertigen, aus welchem noch ein einzelner verjüngter Zoll direct zu entnehmen wäre, so muss am Papiere die Länge eines Zolles in 100 gleiche Theile getheilt werden. Dieser Bedingung kann durch einen Transversalmassstab leicht und mit Genauigkeit, durch einen gewöhnlich verjüngten Massstab aber selbst von einem guten Zeichner nur mangelhaft entsprochen werden. Um für das Verjüngungsverhältniss $\frac{1}{100}$ den Transversalmassstab (Fig. 12, Tafel I) anzufertigen, muss 1 Zoll in 100 d. i. 10 mal 10 gleiche Theile getheilt werden. Wird eine gerade Linie ab gezogen, darauf mehrere Male neben einander ein Zoll aufgetragen, werden ferner in diesen Punkten Senkrechte und zur ab in gleichen Abständen zehn Parallele gezogen, so enthält jedes Stück dieser Parallelen zwischen zwei Senkrechten 100 verjüngte Zolle. Theilt man noch das Stück ac in zehn gleiche Theile und zieht die Transversalen, so beträgt jedes Stück der horizontalen Linien zwischen zwei Transversalen 10 verjüngte Zolle, während zwischen der Senkrechten co und der ersten Transversalen auch einzelne verjüngte Zolle direct abzunehmen sind. Die Zwischenräume 0 1, — 1, 2 —, 2, 3 u. s. w. je in 10 gleiche Theile getheilt, machen es möglich, noch Zehntel eines verjüngten Zolles mit ziemlicher Sicherheit abzuschätzen. Die Beschreibung der Haupttheile des Massstabes geschieht auch hier von 0 nach rechts. Die Unterabtheilungen (Zehner) werden von 0 nach links und die Einheiten endlich von 0 nach unten beschrieben.

§. 14.

Ist nach diesem Massstabe eine Länge anzugeben, so fasst man dieselbe zwischen die Spitzen des Zirkels und bewegt diesen von unten nach oben so, dass beide Spitzen stets gleichzeitig über eine und dieselbe Parallele hinweggleiten. Die rechts liegende Zirkelspitze muss sich längs der Senkrechten eines Haupttheiles hinaufbewegen, während die linke zwischen die Transversalen zu liegen kommt. Fällt bei diesem Vorgange die linke Zirkelspitze genau mit einer Transversalen zusammen, so liest man ab; und zwar die Haupttheile (Hunderte) von 0 nach rechts und die Unterabtheilungen (Zehner und Einheiten)

von 0 nach links und nach unten. Beim Abnehmen von Längen
ist der Vorgang ein fast ähnlicher, denn sollen z. B. 246 Zolle
abgenommen werden, so setzt man die rechte Zirkelspitze dort
ein, wo die mit 200 überschriebene Senkrechte von der mit 6
beschriebenen Parallelen geschnitten wird und öffnet den Zirkel
so weit, bis seine linke Spitze den Punkt trifft, wo die mit 40
überschriebene Transversale von der mit 6 bezeichneten Parallelen geschnitten wird. Wäre weiters noch die Länge von
173·5 Zollen vom Massstabe abzunehmen, so wird man die rechte
Zirkelspitze in der mit 100 überschriebenen Senkrechten zwischen den mit 3 und 4 bezeichneten parallelen Linien genau
in der Mitte einsetzen und den Zirkel wieder so weit eröffnen,
bis seine linke Spitze zwischen den früher genannten Parallelen
(3 und 4) die mit 70 überschriebene Transversale erreicht.

§. 15.

Für das Verjüngungsverhältniss $\frac{1}{72}$ d. i. 1 Zoll = 1 Klafter,
gibt Fig. 13 (Tafel I) den Transversalmassstab an. Es ist 1 Zoll
auf der Zeichnung in 72 gleiche Theile zu theilen, wenn man
übrigens noch einzelne verjüngte Zolle aus dem Massstabe
direct entnehmen soll. Die Zahl 72 gibt die Factoren 12
und 6. — Man wird einen Zoll wieder mehrmals auf einer geraden Linie auftragen und dazu sechs Parallele in gleichen Abständen ziehen, während man den letzten Zoll links in 12 gleiche
Theile theilt und die Transversalen zieht.

§. 16.

Um noch ein weiteres Beispiel eines Transversalmassstabes
anzuführen, möge 1 Zoll der Zeichnung 200 Zolle der Natur
bedeuten. Verlangt man dann noch einzelne verjüngte Zolle
vom Massstabe direct, so muss die Länge eines Zolles in 200,
oder die von 5 Zollen in 1000 gleiche Theile getheilt werden.
Die Zahl 1000 lässt sich in die Factoren 10, 10 und 10 zerlegen.
Wird auf eine gerade Linie ab (Fig. 14, Tafel I) die Länge
von 5 Zollen aufgetragen und in 10 gleiche Theile getheilt, so
stellen diese Haupttheile des Massstabes Zehntel der ganzen

16

Länge vor. Zur *a b* werden nun 10 Parallele in gleichen Abständen gezogen und das letzte Zehntel links wird durch Transversalen in 100 gleiche Theile getheilt, wodurch einzelne Tausendtel der ganzen Länge noch direct abzunehmen sind und Zehntausendtel abgeschätzt werden können. Die Beschreibung dieses letztern Transversalmassstabes, so wie das Bestimmen und Abnehmen von Längen nach demselben wird aus dem bereits über Transversalmassstäbe im Allgemeinen Gesagten, so wie aus der beigegebenen Figur in Tafel I, hinlänglich verständlich sein.

§. 17.

Ist das Verjüngungsverhältniss gegeben und soll darnach der verjüngte Massstab construirt werden, so ist es vortheilhaft den Nenner, wo thunlich, auf eine reine Potenz von 10 zu bringen, falls dies nicht schon im Vorhinein der Fall ist. Im vorigen Beispiele war das Verjüngungsverhältniss $\frac{1}{200}$ —, durch den Factor 5 erhielt man $\frac{5}{1000}$, d. i. 5 Zolle = 1000 Zollen und anstatt 1 Zoll in 200, wurden 5 Zolle in 1000 gleiche Theile getheilt. Ebenso würde man für das Verjüngungsverhältniss $\frac{1}{50}$, anstatt 1 Zoll in 50, lieber 2 Zolle in 100 gleiche Theile theilen, wodurch die Beschreibung des Massstabes übersichtlicher wird und beim Abnehmen und Bestimmen von Längen nicht so leicht Fehler begangen werden. — Ein brauchbarer verjüngter Massstab muss: zweckentsprechend, übersichtlich und genau sein. Es ist ferner wichtig, dass die ihm zu Grunde gelegte Einheit in einem bekannten Verhältnisse zum Landesmass stehe.

In jedem Lande werden die Längen auf eine gesetzlich anerkannte und genau bestimmte Längeneinheit bezogen, welche das Normal- oder Landesmass heisst. Die Längeneinheit in Oesterreich ist die Wiener Klafter, in Frankreich der Meter u. s. w.

Aufgabe: Man übe sich im Zeichnen verschiedener Transversal- und einfach verjüngter Massstäbe, bestimme mit Hilfe derselben die Längen mehrerer Linien, nehme einzelne Längen

ab und stelle endlich die nachbenannten Längenmasse durch
Linien dar:

Benennung der Längenmasse	Wiener Zolle
½ österr. Fuss	6·000
„ pariser Fuss (altfranz. Mass)..........	6·166
„ Decimeter (neufranz. Mass)...........	1 898
„ englischer Fuss	5·786
„ preussischer Fuss	5·957
„ baierischer Fuss...................	5·784

Ein hunderttheiliger Zollmassstab, wie er in (Fig. 12) angegeben
wurde, könnte diesfalls dem Zwecke entsprechen, wenn man sich be-
gnügt, Einheiten, Zehntel und Hundertel direct, die Tausendtel aber nur
durch Abschätzen abzunehmen. Wollte man aber auch die Tausendtel
direct erhalten, so müsste ein tausendtheiliger Transversalmassstab nach
§. 16 construirt werden.

§. 18.

Bemerkungen über die Ausführung der Linearzeichnungen.

Wenn eine Zeichnung den Gegenstand nur durch einfache
Linien darstellt, so nennt man sie, wie schon früher erwähnt,
eine Linearzeichnung. An jede solche Zeichnung stellt
man die Anforderung, dass sie richtig, deutlich und rein sei.

Richtig wird eine Zeichnung sein, wenn der Gegenstand mit allen seinen Theilen genau projicirt wurde. Wie man
richtige Projectionen erkennt und die Projectionen der Gegenstände bestimmt, wird die Folge lehren.

Was nun die Deutlichkeit betrifft, so ist besonders
bei constructiven Zeichnungen unumgänglich nothwendig, dass
man das Gegebene (Auf- oder Angabe) vom Gefundenen
(Resultate) und beides wieder von den blossen Constructions-
oder Hilfslinien auf den ersten Blick klar unterscheide.

Um Uebereinstimmung und Gleichmässigkeit in alle derartigen Zeichnungen zu bringen, wird das Gegebene gewöhn-

18

lich durch volle mässig starke Tuschlinien und das Gefundene
entweder durch viel stärkere Tuschlinien als das Gegebene,
oder durch strichpunktirte Linien angegeben. Die Constructionslinien endlich werden entweder durch fein gestri-
chelte, volle (aber blasse) oder durch farbige Linien
bezeichnet. Fig. 15, stellt der Reihe nach die eben angedeu-
teten Linien vor; — es bleibt nur noch zu bemerken, dass
die letzte dieser Linien eine Hilfslinie ist, welche nach der
frühern Definition färbig, also roth oder blau gezogen sein
sollte.

Fig. 15.

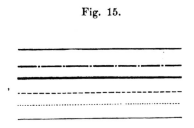

Bei der Darstellung der Körper werden alle sichtbaren
Kanten durch saftige Tuschlinien ausgezogen, während die
unsichtbaren Kanten nur durch unterbrochene Linien angedeutet oder auch ganz weggelassen werden. Diejenigen Linien
an einem Körper, welche die beleuchteten von den nicht beleuchteten Flächen trennen, werden Schattenlinien (oder
Trennungslinien zwischen Licht und Schatten) genannt, und
etwas stärker als die übrigen gezogen. Um diese Linien an
den Gegenständen auffinden zu können, berücksichtige man
vorläufig, dass das Licht immer von links vorn und oben,
nach rechts rückwärts und unten einfallend angenommen wird.

Was beim Arbeiten mit Farben zu beobachten ist, wird
genauer bei der Schattenconstruction erörtert werden. Hier sei
einstweilen nur erwähnt, dass ein allenfalls anzuwendender
Farbenton stets rein und klar zu halten ist, damit die Zeichnung eine gewisse Durchsichtigkeit nie verliere. Auch vermeide

man zu dunkle Farbentöne, denn selbst der dunkelste Ton soll noch einer Verstärkung fähig sein.

Es ist ferner auf eine gute symmetrische Vertheilung der Figuren, so wie darauf zu sehen, dass die Projectionen eines und desselben Gegenstandes entsprechend unter und neben einander zu liegen kommen. Zum Beschreiben der technischen Zeichnungen soll immer eine stehende Schriftart angewendet werden, weil diese mit der Mehrzahl der Linien (vertical und horizontal) gut übereinstimmt. Die Stärke der Schrift ist stets so zu wählen, dass sie nur als Erläuterung und nie als Hauptsache erscheint.

Was endlich die Reinheit der Zeichnung anbelangt, so muss bemerkt werden, dass dieselbe einer genauen Construction sehr förderlich ist, wesshalb man dem Zeichner nicht genug anempfehlen kann, sich besonders bei lange dauernden Arbeiten der Reinheit zu befleissen, da dieselben nur bei aller Aufmerksamkeit rein erhalten werden können.

§. 19.

Alle Projectionsmethoden zusammen genommen machen das Wesen der Projectionslehre oder darstellenden Geometrie (*Géometrie descriptive*) aus; — worunter man diejenige Wissenschaft versteht, welche lehrt, Gegenstände bildlich so darzustellen, dass nicht allein ihre Gestalt genau ersichtlich ist, sondern dass die Gegenstände nach der Darstellung mit allen ihren Dimensionen wieder angefertigt werden können. — Unter den bereits bekannten drei Projectionsarten ist die Orthogonale, welche die Körper im Grund- und Aufrisse darstellen lehrt, bei weitem die wichtigste; daher sollen zunächst die Grundgesetze dieser Projection angeführt und behandelt werden; jedoch nur in so weit, als es für die Darstellung wichtiger Gegenstände nöthig ist.

Der Inhalt dieses Leitfadens zerfällt somit in zwei Theile. Der erste Theil handelt vom Zeichnen im Grund- und Aufrisse, von der Bestimmung des Schlag- und

Selbstschattens einfacher Objecte – und von den Grundzügen der perspectivischen Projectionen. Der **zweite**
Theil enthält eine Anleitung zum Vorgange bei Aufnahmen (beim Skizziren) technischer Objecte und zur darauf
folgenden Anlegung des Rein-Entwurfs derselben.

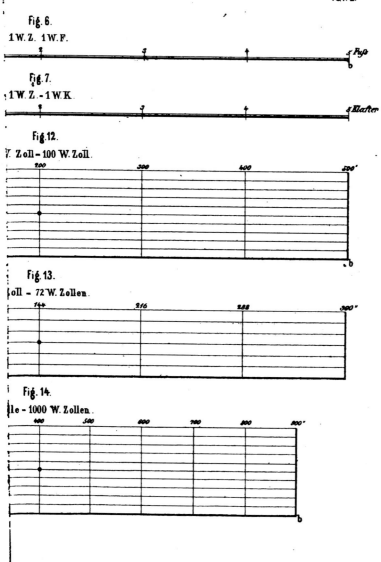

Fig. 6.
1 W. Z. 1 W. F.

Fig. 7.
1 W. Z. - 1 W. K.

Fig. 12.
7. Zoll - 100 W. Zoll.

Fig. 13.
Zoll - 72 W. Zollen.

Fig. 14.
le - 1000 W. Zollen.

Erster Theil.

A. 1. Das Zeichnen im Grund- und Aufrisse. (Orthogonale oder rechtwinklige Projectionsmethode.)

   2. Schattenbestimmung.

B. Grundzüge der perspectivischen Projection.

A.

I. Das Zeichnen im Grund- und Aufrisse.

(Orthogonale oder rechtwinkelige Projections-Methode.)

§. 20.

Grundgesetze der orthogonalen oder rechtwinkeligen Projection.

1. Die Projection eines Punktes ist immer wieder ein Punkt.
2. *a*) Die Projection einer geraden Linie ist entweder eine gerade Linie, — oder auch ein Punkt, falls dieselbe senkrecht auf der Projectionsebene steht.

    b) Die Projection einer krummen Linie ergibt sich aus den Projectionen entsprechend kleiner geradliniger Elemente, in welche man sich die krumme Linie zerlegt denkt.
3. Die Projection einer Fläche ist durch die Projectionen ihrer Grenzen bestimmt, und
4. die Projection eines Körpers wird aus den Projectionen der ihn begrenzenden Flächen erhalten.

Darstellung des Punktes.

§. 21.

Um die rechtwinkelige Projection eines Punktes *a* zu bestimmen, fällt man aus demselben eine Senkrechte auf die Projectionsebene MN; — ihr Fusspunkt *a'* ist alsdann die gesuchte Projection (Fig. 16*a*). Da MN die horizontale Projectionsebene vorstellt, so ist *a'* die Horizontalprojection

24

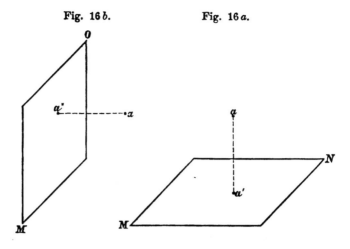

Fig. 16 b.   Fig. 16 a.

oder der Grundriss des Punktes *a*. Wäre die Verticalprojection (Aufriss) des Punktes *a* zu bestimmen, so würde
der Fusspunkt *a″* der Senkrechten von *a* auf die verticale
Projectionsebene *M O* dieselbe angeben (Fig. 16b). Sind die
Projectionen mehrerer Punkte zu bestimmen, so wird man aus
jedem eine Senkrechte auf die Projectionsebene fällen und ihre
Fusspunkte sind alsdann die gefundenen Projectionen.

§. 22.

Es wurde schon in der Einleitung darauf aufmerksam gemacht, dass die Lage eines Punktes im Raume durch eine einzelne Projection nur theilweise bestimmt ist, denn der Punkt
könnte darnach eben so gut in, wie ober oder unter der
Projectionsebene liegen; in den beiden letztern Fällen wäre
sein Abstand von der Projectionsebene noch unbestimmt. Nimmt
man aber (Fig. 17) nicht nur eine horizontale, sondern auch
eine verticale Projectionsebene an, welche durch ihre gemein-
schaftliche Durchschnittslinie, *A X* (Hauptlinie, Projectionsaxe oder schlechthin Axe genannt), fest verbunden
sind, und bestimmt nun sowohl den Grundriss *a′*, als auch den
Aufriss *a″* des Punktes *a*, so muss dadurch seine Lage im
Raume vollkommen bestimmt sein. Denn denkt man sich durch
die beiden projicirenden Geraden *aa′* und *aa″* eine Ebene ge-

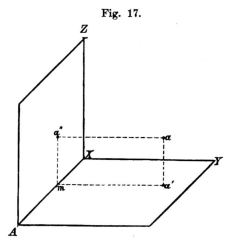

Fig. 17.

legt, so steht dieselbe auf beiden Projectionsebenen senkrecht,
weil sie die beiden zu den Projectionsebenen senkrecht ge-
fällten Geraden aa' und aa'' in sich enthält; diese Ebene
schneidet ausserdem die Projectionsebenen in den zwei, auf der
AX senkrechten Linien $a'm$ und $a''m$, welche mit den beiden
projicirenden Lothen aa' und aa'' ein Rechteck bilden, da

$$aa' = ma''$$
$$aa'' = ma'.$$

Der Abstand ma'' der Verticalprojection von der
Axe gibt die Höhe des Punktes a über der horizontalen, und jener ma' der Horizontalprojection von
der Axe die Entfernung des Punktes a von der verticalen Projectionsebene an. Durch eine derartige Darstellung ist nun allerdings die Lage des Punktes a vollkommen
bestimmt, man darf aber nicht unberücksichtigt lassen, dass
dabei stets zwei aufeinander senkrechte Ebenen nöthig sind
und in Wirklichkeit nur eine, d. i. die Fläche des Papiers,
zur Verfügung steht, auf welcher Grund- und Aufriss dargestellt
werden müssen. Diesem Uebelstande wird nun einfach dadurch
abgeholfen, dass man nach erfolgter Projicirung eine der beiden
Projectionsebenen um die Axe AX so lange dreht, bis sie mit
der Verlängerung der andern Projectionsebene zusammenfällt,
wobei nur der Neigungswinkel beider Projectionsebenen von 90
auf 180 Grade erhöht, im Uebrigen aber nichts geändert wird.

§. 23.

Denkt man sich (Fig. 18 a) die horizontale Projectionsebene AY um die Axe AX herabgedreht, bis sie mit der ver-

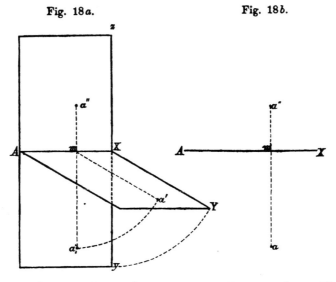

Fig. 18a.   Fig. 18b.

längerten Verticalebene Az zusammen fällt, so gelangt Y nach
y und a' nach a'_1. Es liegen somit beide Projectionen des
Punktes a in einer Ebene, welche durch die Zeichenfläche dargestellt sein soll. Da ferner der Winkel

$$a''mX = 90^0, \text{ und}$$
$$Xma' = 90^0 = Xma'_1, \text{ ist, so muss}$$
$$a''mX + Xma'_1 = 180^0 \text{ sein.}$$

Daraus geht nun hervor, dass die Verbindungslinie der beiden Projectionen eines Punktes eine
Gerade ist, welche auf der Projectionsaxe senkrecht steht. Ist also eine Projection gegeben, so weiss man
bereits, dass die zweite in der Senkrechten liegt, welche man
von der gegebenen Projection zur Axe zieht.

Die Projectionsebenen werden in der gedrehten Lage
immer unbegrenzt angenommen, daher auch die Projectionsaxe AX beliebig lang gezogen werden kann (Fig. 18 b).
Ueber der Axe hat man sich die verticale, unter derselben
die horizontale Projectionsebene zu denken; demzufolge wird

der Aufriss über und der Grundriss unter der Axe
liegen.

§. 24.

Ein Punkt, welcher in der verticalen Projectionsebene
liegt, hat seine horizontale, — ein Punkt in der horizontalen
Projectionsebene seine verticale Projection in der Axe, da für
den ersten ma', d. i. sein Abstand von der verticalen, und für
den zweiten ma'', d. i. sein Abstand von der horizontalen Projectionsebene gleich Null ist. (Fig. 19.)

Fig. 19.

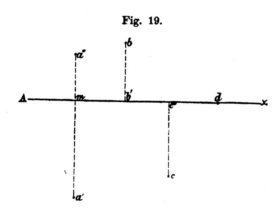

Aufgabe: Man bestimme zur Uebung die Abstände
einiger Punkte von den Projectionsebenen aus ihren Projectionen nach einem verjüngten Massstabe, von $1/2$ Zoll = 1 Fuss,
und zeichne mit Hilfe dieses Massstabes die Projectionen folgender Punkte:

Benennung des Punktes	Abstand von der verticalen Projectionsebene		Abstand von der horizontalen Projectionsebene	
a	3	Zolle	5	Zolle
b	6 5	„	7	„
c	$4^1/_4$	„	$2^1/_2$	„
d	$1^3/_4$	„	3·75	„
e	0	„	1·3	„
f	5·25	„	0	„
g	0	„	0	„

28

Fig. 20.

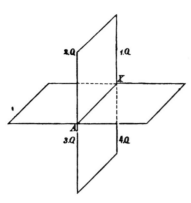

Denkt man sich die beiden Projectionsebenen ,über ihren Durchschnitt verlängert, so ergeben sich
dadurch vier verschiedene Räume,
Quadranten genannt (Fig. 20).
Gewöhnlich befinden sich die darzustellenden Objecte im ersten
Quadranten (1 Q), also vor der
verticalen und ober der horizontalen Projectionsebene. Es wird
bei einigen Aufgaben und Darstellungen jedoch erforderlich sein,
auch die Projectionen in den andern drei Quadranten zu kennen;
daher es nützlich erscheint, die Projectionen eines Punktes in allen vier
Quadranten zuerst bei ungedrehter, und alsdann bei gedrehter Lage der
Projectionsebenen zu zeichnen.

Entstehung und Darstellung der geraden Linie.

§. 25.

Bewegt sich ein Punkt a im Raume unter Zurücklassung
einer Spur nach einer und derselben Richtung weiter, so erzeugt er bekanntlich eine gerade Linie (Fig. 21). Zieht man

Fig. 21.

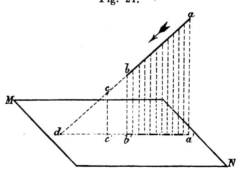

aus den aufeinander folgenden Lagen des erzeugenden Punktes
Perpendikel auf die Projectionsebene $M N$, so stellen ihre
Fusspunkte die Projectionen der einzelnen Punktpositionen vor.
Diese Projectionen müssen sämmtlich in der geraden Linie $a'b'$,

welche die Projection der Linie ab vorstellt, liegen; denn da
alle 'Senkrechten von Punkten einer und derselben Geraden
ausgehen und zu einander parallel sind, so muss sich durch
dieselben eine Ebene legen lassen, welche auf der Projectionsebene senkrecht steht und diese in der $a'b'$ schneidet. Diese
durch die ab senkrecht auf die Projectionsebene gelegte Ebene
wird **projicirende Ebene** genannt, da sie analog der projicirenden Geraden beim Punkte, hier die Projection der geraden Linie bestimmt. Sie heisst eine **vertical** oder **horizontal** projicirende Ebene, je nachdem dieselbe auf der verticalen oder horizontalen Projectionsebene senkrecht steht. —
Da die Projection einer geraden Linie wieder eine gerade Linie
und eine Gerade schon durch zwei Punkte vollkommen bestimmt ist, so erhält man die Projection einer Geraden auch,
wenn man von derselben bloss zwei Punkte projicirt und deren
Projectionen geradlinig verbindet.

Es ist klar, dass die **Verlängerung der Projection**
(bis c'), die **Projection der** (bis c) **verlängerten Geraden**
sein muss. Ebenso ist es ferner leicht einzusehen, dass, wenn
man eine gerade Linie im Raume in mehrere gleiche Theile theilt
und die Theilpunkte projicirt, dadurch auch die Projection der
Geraden in eben so viele gleiche Theile getheilt wird. Denn seien

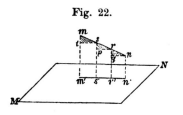

Fig. 22.

r und s (Fig. 22) die Punkte,
welche die Gerade mn in drei
gleiche Theile theilen, und r' und s'
die Projectionen derselben, so ist:

$$m's' = ts$$
$$s'r' = pr \text{ und}$$
$$r'n' = qn, \text{ da } ts, pr \text{ und}$$

qn parallel zur $m'n'$ gezogen wurden. Die kleinen schraffirten Dreiecke sind somit unter sich congruent; daher muss:

$$ts = pr = qn \text{ sein.}$$

§. 26.

Ist die gerade Linie ab (Fig. 21) nicht parallel zur Projectionsebene, so wird sie genügend verlängert mit derselben

in einem Punkte *d* zusammen treffen. Dieser Punkt *d* wird der
Durchschnittspunkt oder der **Durchgang der Geraden**
mit der Projectionsebene genannt. Er bildet den Scheitel des
Winkels *a d a'*, welchen die Gerade mit ihrer Projection einschliesst; letzterer Winkel heisst der **Neigungswinkel der**
Geraden mit der Projectionsebene. Je grösser dieser
Neigungswinkel wird, desto mehr erscheint die Projection gegen
die Gerade im Raume verkürzt, und zwar ist die Verkürzung
der Projection dem Cosinus des Neigungswinkels der Geraden
direct proportional, was aus Fig. 21 leicht zu ersehen ist. —
Ist daher die Gerade parallel mit der Projectionsebene, so wird
die Projection mit ihr gleiche Länge haben, da der Neigungswinkel Null und *cos* 0 = 1 ist. Von der parallelen bis zur
senkrechten Lage der Geraden gegen die Projectionsebene
wird sich die Projection immer mehr und mehr verkürzen,
und endlich, wenn die Gerade auf der Projectionsebene senkrecht steht ein Punkt werden, da für diesen Fall ihr Neigungswinkel 90 Grade beträgt, und dessen Cosinus Null wird.

§. 27.

Die Lage einer geraden Linie im Raume wird erst
dann genau fixirt sein, wenn von derselben zwei Projectionen
gegeben sind; denn eine gerade Linie ist durch zwei Punkte
bestimmt und zur vollständigen Bestimmung jedes Punktes
werden zwei Projectionen gefordert.

Besondere Lagen gerader Linien lassen sich jedoch schon
aus der Beschaffenheit ihrer Projectionen beurtheilen. **Denn**
liegt eine gerade Linie in einer Projectionsebene,
so fällt ihre Projection in die Axe (Fig. 32 a). —
Steht die Gerade senkrecht auf einer Projections-
ebene, so ist die eine Projection ein Punkt, und die
zweite, welche in der wahren Grösse der Geraden
erscheint, steht senkrecht auf der Axe (Fig. 23 b). —
Liegt die Gerade parallel zur horizontalen, aber
schief gegen die verticale Projectionsebene, so ist
ihr Aufriss parallel zur Axe, während der Grund-

Fig. 23 a.   Fig. 23 b.

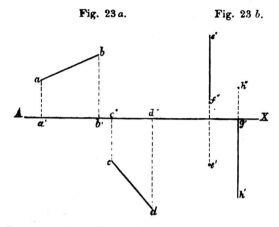

Fig. 23 a.   Fig. 23 b.

riss die Länge der Geraden im Raume angibt und
ebenso gegen die Axe geneigt ist, wie die Gerade
selbst gegen die verticale Projectionsebene. — Ist
die Gerade parallel zur verticalen Projectionsebene,
aber schief gegen die horizontale, so ist ihr Grundriss parallel zur Axe und der Aufriss, welcher in
der wahren Länge der Geraden erscheint, ist so
gegen die Axe geneigt, wie die Gerade selbst gegen
die horizontale Projectionsebene (Fig. 23c). — Eine
gerade Linie, die zu beiden Projectionsebenen pa-

Fig. 23 c.   Fig. 23 d.

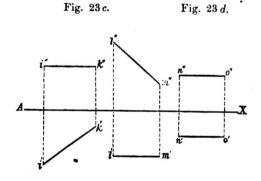

rallel ist, hat beide Projectionen parallel zur Axe,
und jede gibt die wahre Länge der Geraden im Raume
an (Fig. 23d).

32

Ein Beweis für die Richtigkeit der letzteren Fälle wird dadurch geliefert, dass man sich eine der Projectionsebenen parallel zu sich selbst so weit verschoben denkt, bis die Gerade mit ihr zusammen fällt, wodurch die Fälle (Fig. 23 *b*, *c* und *d*) auf den Fall (Fig. 23 *a*) zurückgeführt werden. Um die Verschiebung der Projectionsebene anzuzeigen, hat man nur die Axe *A X* parallel zu ihrer ursprünglichen Lage um so viel zu verschieben, als man die Projectionsebene verrücken will.

Fig. 24.

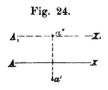

Denn, wenn in Fig. 24, *A X* die Projectionsaxe und *a* ein Punkt im Raume ist, und die horizontale Projectionsebene parallel so weit verschoben werden soll, dass der Punkt *a* mit ihr zusammen fällt, so wird man, um dies anzuzeigen, durch *a″* die *A₁ X₁* parallel zur *A X* ziehen, wodurch der Abstand des Punktes *a* von der horizontalen Projectionsebene Null geworden ist, d. h. mit ihr zusammen trifft.

Schliesst die Gerade endlich mit beiden Projectionsebenen Winkel ein, die von einem rechten verschieden sind, so erscheinen beide Projectionen verkürzt, und beide sind entweder schief oder senkrecht gegen die Projectionsaxe gerichtet.

§. 28.

Bestimmung der wahren Länge einer geraden Linie von allgemeiner Lage, und Angabe ihrer Neigungswinkel mit den Projectionsebenen.

Um als ersten Fall die wahre Länge der Geraden *ab*, so wie ihre Neigungswinkel gegen die Projectionsebenen zu bestimmen, berücksichtige man, dass es sich nur um die Construction des Trapezes *ab a′b′* (Fig. 25) handelt. Nachdem aber im Raume selbst keine Construction ausgeführt werden kann, so zeichnet man dasselbe in der Projectionsebene *MN* und benützt dazu die schon vorhandene Seite *a′b′*, in deren Endpunkten Senkrechte errichtet werden, worauf man die Abstände *aa′* und *bb′* der Endpunkte der Geraden von der Projectionsebene nach *α* und *β* aufträgt, und in der Linie *αβ* die wahre Länge der Geraden *ab* bekommt, da das Trapez *ab a′b′* mit dem *b′β α a′* congruent ist. Ebenso kann man die Linie *αβ*

Fig. 25.

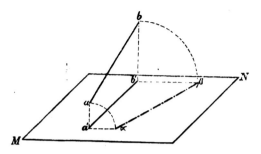

erhalten, wenn man das Trapez $ab\,a'b'$ um die $a'b'$ in die Projectionsebene niederlegt, wobei die Punkte a und b Viertelkreise durchlaufen und alsdann nach α und β gelangen. Sind also die beiden parallelen Seiten des Trapezes, d. i. die senkrechten Abstände der Endpunkte der Geraden von der Projectionsebene bekannt, was immer der Fall sein wird, wenn die Gerade durch beide Projectionen gegeben ist, so kann man die wahre Länge auf die eben angegebene Weise leicht bestimmen.

Fig. 26.

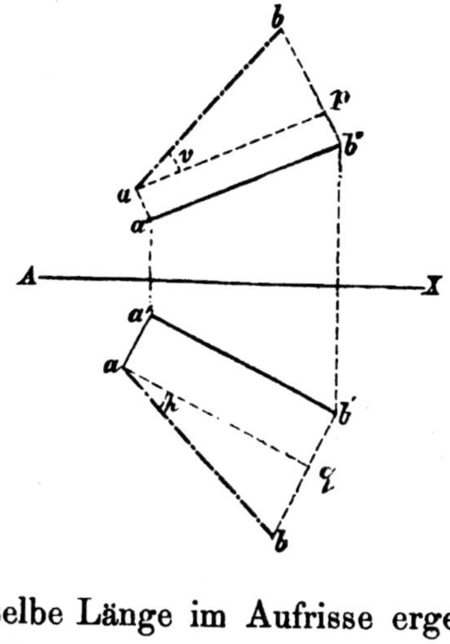

Werden in den Punkten a' und b' (Fig. 26) Senkrechte auf den Grundriss der Geraden errichtet und darauf die im Aufrisse enthaltenen Abstände der Punkte a und b von der horizontalen Projectionsebene aufgetragen, so ist die Linie ab der Länge der Geraden im Raume gleich. Aehnlich wird sich dieselbe Länge im Aufrisse ergeben, wenn man zur Construction die im Grundriss enthaltenen Abstände der Endpunkte der Geraden von der verticalen Projectionsebene benützt. Die Winkel h und v stellen die Neigungswinkel der Geraden mit der horizontalen und verticalen Projectionsebene vor, wenn aq parallel zu $a'b'$ und ap parallel zu $a''b''$ gezogen wurden.

§. 29.

Für den zweiten Fall, wo beide Projectionen senkrecht auf der Axe stehen, ist es jedoch für die Bestimmung der
wahren Länge der Geraden am einfachsten, wenn man auch
die Seitenansicht, d. i. den Kreuzriss der Geraden angibt, indem man die Gerade auf eine dritte Ebene projicirt, welche
sowohl auf der horizontalen, als auch auf der verticalen Projectionsebene gleichzeitig senkrecht steht (Fig. 27 a). Um die

Fig. 27 a.   Fig. 27 b.

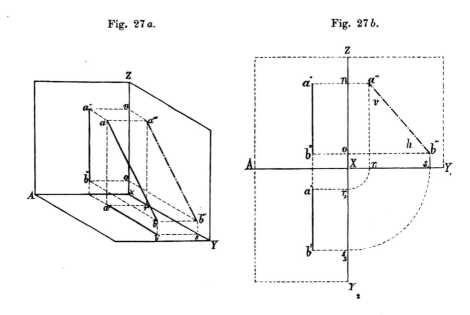

Seitenansicht der Geraden ab zu erhalten, zieht man aus ihren
Endpunkten a und b die beiden Senkrechten aa''' und bb''' auf die
Kreuzrissebene YZ; ihre Fusspunkte a''' und b''' mit einander
verbunden bestimmen die Seitenansicht oder den Kreuzriss der Geraden ab. Um alle drei Projectionen auf der
Zeichenfläche zu haben, denkt man sich nicht nur die horizontale Projectionsebene, sondern auch die Kreuzrissebene, aus ihren
senkrechten Lagen so lange zurückgedreht, bis beide mit der verlängerten verticalen Projectionsebene zusammenfallen (Fig. 27 b).

Die Punkte r und s gelangen bei dieser Drehung nach r_1, r_2 und s_1, s_2; treffen jedoch wieder zusammen, sobald man sich die Ebenen in ihre ursprüngliche Lage gebracht denkt. Das Linienstück $n\,a'' = o\,b'' = \ldots$ gibt die Entfernung der Geraden von der Kreuzrissebene an; im übrigen wiederholen sich in der Seitenansicht die schon im Grund- und Aufrisse enthaltenen Abstände von den beiden ersten Projectionsebenen. Die Linie $a'''b'''$ gibt die wahre Länge der Geraden zwischen den Punkten a und b an, während die Winkel v und h die Neigungswinkel der Geraden mit der verticalen und horizontalen Projectionsebene vorstellen. -- Durch Umlegen des Trapezes $a\,a'\,b''b$ (oder $a\,a'\,b'b$) hätte man natürlich das verlangte Resultat ebenfalls erhalten; denn in der Kreuzrissebene ist dieses umgelegte Trapez ($n\,o\,b''a'''$) vollständig vorhanden, nur erscheint es gegen die $a''b''$ parallel verschoben. Die Seitenansicht ist daher nicht absolut nothwendig, da durch zwei Projectionen jede Gerade vollkommen bestimmt ist, allein es ist manchmal vortheilhafter die Seitenansicht zu zeichnen, indem beim Umlegen die Constructionslinien, so wie die umgelegte Gerade auf den Aufriss des Gegenstandes fallen könnten, was natürlich die Deutlichkeit der Darstellung beeinträchtigen würde.

§. 30.

Bestimmung der Durchschnittspunkte einer Geraden mit den Projectionsebenen.

Schon im §. 25 wurde bemerkt, dass eine Gerade, welche schief gegen die Projectionsebenen liegt, bei genügender Verlängerung dieselben schneidet. Es wird sich nun darum handeln die Durchschnittspunkte aufzufinden, wenn Grund- und Aufriss der Geraden gegeben sind. Der Durchschnittspunkt d (Fig. 28) ist sowohl ein Punkt der Projectionsebene Az, als auch der Geraden ab; und da desshalb seine Projection ebensowohl in der Axe, als auch im Grundrisse der Geraden liegen muss, so kann nur der Schnittpunkt d' des verlängerten Grundrisses $a'b'$ mit der Projectionsaxe Ax, die Projection des

Fig. 28.

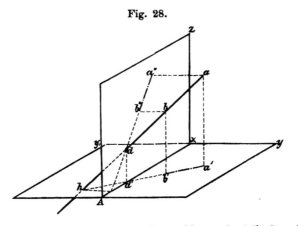

Durchschnittspunktes sein. — Der Abstand dd' des Durchschnittspunktes von der Projectionsaxe Ax wird die Ordinate des Durchgangspunktes genannt. Aus obigem resultirt nun die Regel, dass der Durchschnittspunkt einer geraden Linie mit der verticalen Projectionsebene dadurch aufgefunden wird, dass man den Grundriss der Geraden bis zur Axe verlängert und in diesem Punkte eine Senkrechte auf letztere zieht, bis der Aufriss der Linie geschnitten wird. — Um den Durchschnittspunkt der Geraden mit der horizontalen Projectionsebene zu erhalten, wird man den Aufriss der Geraden bis zur Axe verlängern und in diesem Punkte wieder eine Senkrechte auf die Projectionsaxe errichten, bis der Grundriss der geraden Linie geschnitten wird. In Fig. 29 stellen v und h die Durchschnittspunkte der verlängerten Geraden ab mit beiden Projectionsebenen vor.

Fig. 29.

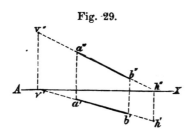

Da diese Aufgabe für das ganze technische Zeichnen von der grössten Wichtigkeit ist, so unterlasse man nicht, zur Uebung die Durchgänge verschieden gelegener Geraden mit beiden Projectionsebenen auszumitteln.

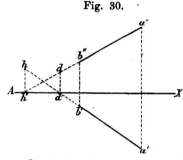

Fig. 30.

Diese Regel gilt auch für jene Fälle, in welchen (wie auch Fig. 28) die Gerade eine solche Lage hat, dass sie im ersten Quadranten nur eine der Projectionsebenen schneidet und die andere erst im zweiten, dritten oder vierten Quadranten trifft. Es kommt nur zu berücksichtigen, dass der Durchgangspunkt jetzt ein Punkt in einem andern Quadranten ist und seine Projectionen dem entsprechend eine neue Lage gegen die Axe haben. (Fig. 30.)

§. 31.

Beschaffenheit der Projectionen zweier Geraden.

Zieht man zwei gerade Linien gleichzeitig in Betracht, so hat man zu unterscheiden, ob dieselben parallel sind, sich schneiden oder an einander vorüber gehen.

Da für parallele Linien die projicirenden Ebenen parallel sind, so müssen auch ihre Durchschnitte mit den Projectionsebenen, nämlich die Projectionen der beiden Geraden, parallel sein. (Fig. 31 a.)

Fig. 31 a.   Fig. 31 b.   Fig. 31 c.

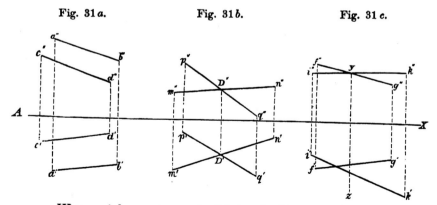

Wenn sich zwei gerade Linien im Raume schneiden, so ist der Schnittpunkt beiden Geraden gemeinschaftlich. Die zwei Projectionen des Durchschnittspunktes müssen sonach als

Projectionen eines und desselben Punktes, in einer Senkrechten
auf der Axe liegen und die Schnittpunkte der Projectionen im
Grund- und Aufrisse sein, was bei zwei an einander vorüber-
gehenden Geraden nicht der Fall ist, da diese keinen Schnittpunkt haben. (Fig. 31 b — Fig. 31 c.)

Entstehung und Darstellung krummer Linien (Curven).

§. 32.

Bewegt sich ein Punkt unter Zurücklassung einer Spur der
Art weiter, dass er fortwährend seine Bewegungsrichtung ändert,
so beschreibt er eine krumme Linie oder Curve. Hat der
beschreibende Punkt seinen ganzen Weg in einer Ebene
zurückgelegt, wie dies beim Kreis, bei der Ellipse, Parabel,
Hyperbel, Cykloide etc. der Fall ist, so heisst die Curve eine
ebene Curve. Bleibt der Punkt während seiner Bewegung
aber nicht in einer Ebene, wie z. B. bei der Schraubenlinie,
Loxodrome, geodätischen Linie, bei vielen Durchdringungslinien
runder Körper u. s. w., so heisst die Curve eine doppelt-
gekrümmte oder aufwickelbare Curve.

Um von irgend einer krummen Linie im Raume die Projection zu erhalten, ziehe man durch die einzelnen Positionen
des erzeugenden Punktes die projicirenden Geraden. Die Verbindungslinie ihrer Fusspunkte, welche im Allgemeinen wieder
eine krumme Linie sein wird, ist die Projection der Curve. Es

Fig. 32.

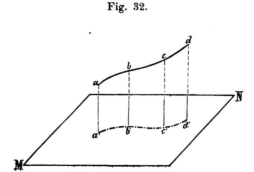

wird für die Darstellung der Projection einer Curve genügen, von den unendlich vielen Positionen des erzeugenden Punktes nur einzelne zu projiciren, und dann die Projectionen dieser Punkte durch eine continuirlich gekrümmte Linie zu verbinden. Wählt man diese Punkte *a, b, c, d* (Fig. 32) nahe an einander, so wird man die Linienstücke zwischen je zwei solcher Punkte als gerade Linienstücke betrachten können und es ist bei dieser Annahme eigentlich eine gebrochene Gerade darzustellen. Werden aber die Punkte *a* und *b* oder *b* und *c* etc. so nahe an einander angenommen, dass sie zwei unmittelbar auf einander folgende Lagen des erzeugenden Punktes vorstellen, so wird dieses unendlich klein gedachte Bogenstück ein Element der Curve genannt. Verlängert man dieses Element nach beiden Seiten, so erhält man eine Gerade, welche mit der Curve ein Element gemeinschaftlich hat, und Tangente der Curve heisst. Da eine Tangente nur ein Element mit der Curve gemein hat, so wird die Projection der Tangente auch Tangente an die Projection der Curve sein.

Zieht man an eine Curve (Fig. 33) mehrere Tangenten t, t_1

Fig. 33.

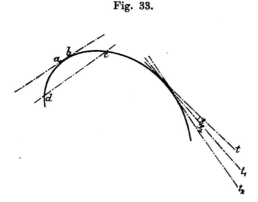

und t_2, welche mit der Curve die unmittelbar aufeinander folgenden Elemente gemein haben, so schliessen je zwei derselben einen Winkel ein, welcher Krümmungs- oder Contingents-winkel genannt wird. Die Krümmung einer Curve an verschiedenen Stellen, oder jene zweier verschiedener Curven wird durch die Contingentswinkel verglichen.

Eine gerade Linie cd (Fig. 33), welche zwei Punkte, die nicht unendlich nahe aneinander liegen, mit der Curve gemeinschaftlich hat, heisst Sekante der Curve. Nachdem jede Curve als eine gebrochene gerade Linie betrachtet werden kann und ausserdem die wichtigern ebenen Curven als Grenzen von Figuren und die doppelt gekrümmten Linien erst an Körpern vorkommen, so wird es gerechtfertigt erscheinen, wenn erst in den nächsten Paragraphen, welche von den ebenen Figuren und Körpern handeln, unter einem auch das Nothwendige über die Darstellung einzelner Curven mitgetheilt wird.

Darstellung ebener Figuren.

§. 33.

Jede ebene Figur ist ein durch Linien begrenztes Stück einer Ebene. Da die Darstellung einer solchen Figur durch das Projiciren ihrer Grenzen erfolgt, so werden im Allgemeinen die Projectionen eines Dreiecks wieder Dreiecke, die eines Vier- oder Vielecks wieder Vier- oder Vielecke werden und ebenso wird eine krummlinige Figur wieder durch krumme Linien begrenzte Projectionen ergeben. Allein es kann nicht schwer fallen, sich die Figur in einer derartigen Lage gegen die Projectionsebenen zu denken, für welche ihre Projectionen in gerade Linien übergehen. Diese Vorstellung muss um so leichter sein, nachdem die ebenen Figuren, welche wir täglich an den Einrichtungsgegenständen, Fenstern, Wandflächen der Gebäude etc. zu sehen Gelegenheit haben, grösstentheils solche specielle Lagen haben.

Eine ebene Figur, welche in der Projectionsebene liegt, hat nur eine Projection, die mit der Axe zusammenfällt. Die Projection des Dreiecks abc (Fig. 34a), liegt somit in der Projectionsaxe AX.

Wird das Dreieck abc aus der verticalen Projectionsebene so herausgeschoben, dass es zu seiner frühern Lage, also auch

zur verticalen Projectionsebene parallel bleibt, so muss der
Grundriss als eine zur Projectionsaxe parallele Linie,
im Abstande der Figur von der verticalen Projectionsebene erscheinen; während der Aufriss die wahre Gestalt und
Grösse des Dreiecks *abc* angibt (Fig. 34 *b*).

Fig. 34 *a*.   Fig. 34 *b*.

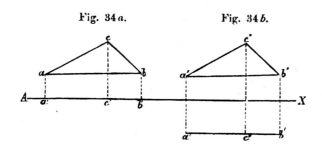

Denkt man sich ferner die Ebene der Dreiecksfigur so
gedreht, dass sie mit der verticalen Projectionsebene einen
Winkel α einschliesst, auf der horizontalen Projectionsebene
aber senkrecht bleibt, so wird der Grundriss, welcher wieder eine gerade Linie ist, mit der Axe den nämlichen
Winkel α einschliessen, welchen die Ebene der Figur mit der
verticalen Projectionsebene bildet. Der Aufriss erscheint gegen die wahre Grösse und Gestalt des Dreiecks *abc* verkleinert
und verschoben (Fig. 34 *c*).

Fig. 34 *c*.   Fig. 34 *d*.

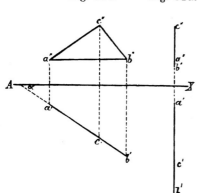

Je grösser der Winkel α
wird, desto schmäler wird der
Aufriss des Dreiecks erscheinen und er wird endlich zur
geraden Linie· werden,
wenn die Ebene dessel-
ben senkrecht auf der Axe,
also senkrecht auf bei-
den Projectionsebenen
steht, wofür $\alpha = 90$ Grade
wird (Fig. 34 *d*).

Hat endlich die Figur
eine ganz allgemeine Lage, d. h. schliesst sie mit beiden Pro-

42

jectionsebenen Winkel ein, die von einem Rechten verschieden
sind, so können weder der Grund- noch der Aufriss als gerade

Fig. 35.

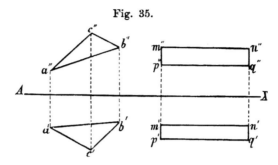

Linien erscheinen (Fig. 35). Für die in Fig. 34 c, Fig. 34 d und
in Fig 35 dargestellten Figuren ist die wahre Grösse und Gestalt derselben nicht unmittelbar aus den Projectionen abzunehmen. Wenn man aber bedenkt, dass die Projectionen die
natürliche Grösse und Gestalt einer Figur angeben, sobald
letztere in der Projectionsebene liegt, oder doch zu ihr parallel
ist, so ist es einleuchtend, dass man, um die wahre Grösse der
Figur zu erhalten, dieselbe so lange drehen muss, bis sie in
die Projectionsebene fällt, oder zu ihr parallel liegt. Soll eine
Figur ihrer ganzen Ausdehnung nach mit der Projectionsebene
zusammenfallen, so muss dieselbe um eine Linie gedreht werden, welche der Projectionsebene und der erweiterten Ebene
der Figur gemeinschaftlich angehört. Eine solche Linie kann
nur die Durchschnittslinie der beiden Ebenen sein. Unter dieser
Voraussetzung wird man zu unterscheiden haben, ob diese
Durchschnittslinie durch eine in der Projectionsebene liegende
Seite der Figur schon gegeben ist, oder ob dieselbe erst aufgesucht werden muss.

§. 34.

Bestimmung der wahren Grösse und Gestalt einer ebenen
Figur von allgemeiner Lage.

(Drehung der Figuren.)

Wäre die wahre Form und Grösse des Dreiecks *a b c*
(Fig. 36 *a*), das durch beide Projectionen gegeben ist, zu be-

Fig. 36 a.   Fig. 36 b.

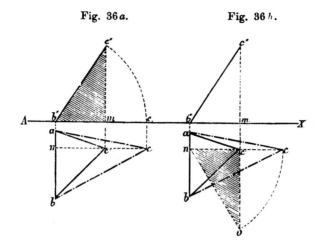

stimmen, so bedenke man, dass dasselbe mit einer Seite ab auf der horizontalen Projectionsebene aufsteht und dass somit durch diese Linie die Drehungsaxe schon gegeben ist; man hat alsdann die zwei übrigen Dreiecksseiten ac und bc nur um diese Axe in die Projectionsebene herab zu drehen. Für diese wird es wieder genügen, wenn man nur den Punkt c herabschlägt, indem a und b schon in der Projectionsebene liegen. Denkt man sich bei a und b Charniere angebracht, so würde man das Dreieck abc um dieselben beliebig auf- und niederkippen können, wobei der Punkt c im Raume einen Kreisbogen beschreibt, der in einer zur verticalen Projectionsebene parallelen Ebene liegt und somit im Aufriss als Kreisbogen $c''c_1$ in wahrer Grösse, und im Grundriss als gerade Linie erscheint, die auf der ab senkrecht steht, und den Punkt c' in sich enthält. Es ist nun c_1 der Aufriss des herabgeschlagenen Punktes c und abc, das in die horizontale Projectionsebene herabgeschlagene Dreieck von der genauen Form und Grösse des Dreiecks im Raume.

Das bei m rechtwinkelige Dreieck $m\,c''\,b''$ gibt ein bequemes Mittel an die Hand, um die ganze Construction in einer Projectionsebene auszuführen, was dadurch geschieht, dass man den senkrechten Abstand $m\,c''$ (Fig. 36 b) des Punktes c von der horizontalen Projectionsebene, gleich im Grundrisse auf die im Punkte c' senkrecht auf die nc gezogene Linie nach o aufträgt, wodurch man als Hypotenuse des Dreieckes $nc'o$ den Radius des Kreisbogens erhält, in welchem sich der Punkt c niederbewegt. Da das Dreieck $b''c''m$ congruent dem im Grundrisse enthaltenen Dreiecke $nc'o$ ist, so muss oc der Kreisbogen sein, in welchem sich der Punkt c herabbewegt, — und abc ist alsdann wieder das herabgeschlagene Dreieck.

§. 35.

Es wird nun gleichgiltig sein, ob die Seite ab, welche in der horizontalen Projectionsebene liegt, eine senkrechte oder schiefe Lage gegen die Axe hat. Denn wird im Grundriss (Fig. 37) die Linie nc_1 durch c' senkrecht auf die in der Pro-

Fig. 37.

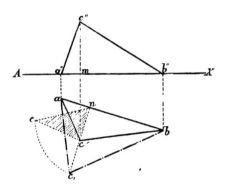

jectionsebene liegende Dreiecksseite ab gezogen, — wird ferner auf dieselbe im Punkte c' eine Senkrechte errichtet und darauf der Abstand mc'' des Punktes c von der horizontalen Projectionsebene aufgetragen, so ist die Hypotenuse cn des Dreiecks cnc' der Radius des Kreisbogens, in welchem sich c bei der Drehung herabbewegt. Setzt man mit der Spitze des Zirkels in n ein und beschreibt den Kreisbogen cc_1, so ist c_1 der herabgeschlagene Punkt c und abc_1 das aus dem Raume herabgeschlagene Dreieck abc.

Aufgabe: Man schlage zur Uebung auch ein durch die Projectionen gegebenes Vier- und Fünfeck herab.

§. 36.

Liegt keine Seite der Figur in einer der beiden Projectionsebenen, so ist für diesen Fall die Drehungsaxe der herabzuschschlagenden Figur, welche früher durch die in der Projectionsebene liegenden Seite schon gegeben war, erst auszumitteln. Wird die durch eine ebene Figur bestimmte Ebene nach allen Seiten verlängert und erweitert, so wird sie die Projectionsebenen in geraden Linien schneiden, welche Grundschnitte oder Tracen der Ebene genannt werden. Die Durchschnittslinie der erweiterten Figur mit der horizontalen Projectionsebene heisst Horizontal-Trace oder horizontaler Grundschnitt und jene mit der verticalen Projectionsebene Vertical-Trace oder verticaler Grundschnitt. Beide Grundschnitte einer Ebene treffen in einem Punkte der Projectionsaxe zusammen.

§. 37.

Bei der Bestimmung der Grundschnitte hat man zu berücksichtigen, dass eine Ebene nicht nur durch eine ebene Figur, sondern auch schon durch zwei sich schneidende oder zwei parallele Geraden bestimmt ist. Benützt man also vom Dreiecke abc (Fig. 38) nur zwei sich schneidende Dreiecks-

Fig. 38.

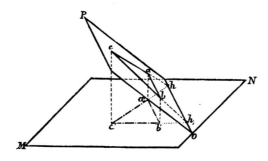

seiten ac und bc, und sucht mit Hilfe ihrer Projectionen $a'c'$ und $b'c'$ nach §. 25 die Durchgänge h und h_1 mit der Projectionsebene, so gehören diese Punkte der Durchschnittslinie

beider Ebenen an, und da letztere eine Gerade ist, so wird
sie durch diese beiden Punkte vollkommen bestimmt. Beide
Grundschnitte einer Ebene bilden zwei in der Projectionsaxe sich schneidende Geraden, welche somit die Ebene vollkommen bestimmen. — Um den Grundschnitt $h\,h_1$ lässt sich
nun die ganze Ebene OP sammt dem darin enthaltenen Dreiecke $a\,b\,c$ wieder auf- und niederkippen. Wird dieselbe ganz
in die Projectionsebene herabgeschlagen, so muss auch die in
ihr enthaltene Figur in die Projectionsebene fallen und daher
in der wahren Gestalt und Grösse erscheinen.

§. 38.

Hätte man also von dem durch beide Projectionen gegebenen Dreiecke $a\,b\,c$ (Fig. 39) die wahre Gestalt und Grösse

Fig. 39.

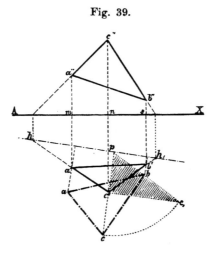

zu bestimmen, so wird man vor Allem den horizontalen (oder
verticalen) Grundschnitt der verlängerten Ebene der Figur dadurch ausmitteln, dass man die Durchschnittspunkte h und h_1
zweier Dreiecksseiten ($a\,c$ und $b\,c$) mit der horizontalen Projectionsebene nach §. 30 bestimmt und durch eine gerade Linie
verbindet. Um diesen Grundschnitt $h\,h_1$ wird nun das Dreieck herabgeschlagen. Die Punkte a, b und c werden sich da-

bei in Kreisbögen bewegen, deren Ebenen am horizontalen Grundschnitt und auf der horizontalen Projectionsebene gleichzeitig senkrecht stehen und als Geraden wie pc_1 etc. erscheinen, welche auf der hh_1 senkrecht stehen. In Fig. 39 ist die Drehung nur für den Punkt c durch alle Constructionslinien angegeben, da sie für die übrigen Punkte ganz ähnlich ist. Die Linie $c'c_1$ wurde senkrecht auf pc gezogen und gleich dem Abstande nc'' des Punktes c von der horizontalen Projectionsebene gemacht. Die Hypotenuse pc_1 des rechtwinkeligen Dreiecks $pc'c_1$ ist der Halbmesser des Kreisbogens, in welchem sich der Punkt c bei der Drehung niederbewegt. Das herabgeschlagene Dreieck abc gibt die wahre Grösse und Gestalt des durch die Projectionen gegebenen Dreiecks an.

Der Anfänger möge, um sich das Herabschlagen ganz klar vorzustellen, die Figuren aus steifem Kartenpapier herausschneiden und damit die Drehungen in Wirklichkeit ausführen, um dadurch für den Anfang der Vorstellung etwas nachzuhelfen.

§. 39.

Da wie leicht einzusehen ist, der Winkel $c_1 pc' = \alpha$ (Fig. 39) den Neigungswinkel der ebenen Dreiecksfigur mit der horizontalen Projectionsebene vorstellt, so wird es nach dem angegebenen Drehungsverfahren nicht schwer fallen, Punkte, Linien oder ganze Figuren, nur um einen gewissen von α verschiedenen Winkel zu drehen und die neuen Projectionen alsdann anzugeben.

Aufgabe: Als Uebung bestimme man durch Herabschlagen die wahre Grösse eines durch beide Projectionen gegebenen Vierecks; — und drehe ferner das in Fig. 39 durch die Projectionen gegebene Dreieck um einen Winkel von 30 Graden gegen die verticale Projectionsebene und gebe die neuen Projectionen der gedrehten Dreiecksfigur an.

§. 40.

Ebenso wie die geradlinig begrenzten Figuren, können auch jene, welche von krummen Linien begrenzt werden, nur dann in ihrer wahren Gestalt erscheinen, wenn sie in einer Projectionsebene selbst oder doch zu ihr parallel liegen. Die Kreisfläche, als die wichtigste der von krummen Linien begrenzten Flächen, wird daher ebenso nur bei specieller Lage im Grund- oder Aufrisse von einem Kreise, im Allgemeinen aber in einer oder auch in beiden Projectionen von Ellipsen begrenzt sein. Wird z. B. die durch Grund- und Aufriss gegebene, zur horizontalen Projectionsebene parallele Kreisfläche $abcd$ (Fig. 40) um den horizontalen Durchmesser cd um einen

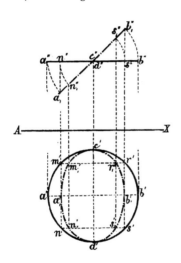

Fig. 40.

Winkel $\alpha = 45$ Grade gedreht, so wird der neue Aufriss, da die Kreisfläche senkrecht auf der verticalen Projectionsebene bleibt, wieder eine gerade Linie $a_1'' b_1''$ von der Länge eines Durchmessers sein, die aber mit dem frühern, zur Projectionsaxe parallelen Aufriss $a'' b''$, einen Winkel von 45 Graden einschliesst. Der Grundriss der gedrehten Kreisfläche wird von einer Ellipse begrenzt sein. Für dieselbe ist die grosse Axe $c' d'$ bereits im Grundriss enthalten. Um die kleine Axe und weitere Punkte der Ellipse zu bekommen, hat man nur die Drehung der einzelnen Punkte des Kreises zu verfolgen. Die Punkte a und b des Kreises, so wie jene m, n, s und r... bewegen sich bei dieser Drehung in Kreisbögen, welche im Aufriss als solche und im Grundriss als Geraden erscheinen, die auf der horizontalen Projection der Drehungsaxe $c' d'$ senkrecht stehen. Der Punkt a_1' muss daher in der $a' b'$, zugleich aber in der aus a_1'' auf die Axe AX senkrecht gezogenen Linie, — also in a_1' liegen. Ebenso findet man b_1', und durch die Linie $a_1' b_1'$ ist die kleine Axe der Ellipse gefunden, für welch letztere auch n_1', s_1', r_1' und m_1' Punkte sind.

Aufgabe. Man drehe zur Uebung den ursprünglichen Kreis so um die *a b*, dass seine Ebene, also auch die Linie *c d* mit der horizontalen Projections bene einen Winkel von 60″Graden bilde und gebe die neuen Projectionen an, welche Ellipsen sein werden..

§. 41.

Dreht man eine auf beiden Projectionsebenen senkrechte Kreisfläche (Fig. 41) dergestalt um ihren verticalen Durchmesser, dass nach der vollführten Drehung die Ebene des Kreises mit der verticalen Projectionsebene den Winkel *α* einschliesst, so wird

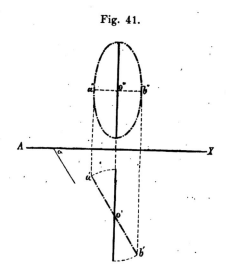

Fig. 41.

wieder die eine Projection des gedrehten Kreises eine Gerade und die zweite eine Ellipse sein. Der gedrehte Grundriss nämlich wird die einem Kreisdurchmesser gleich lange Linie *a′ b′* sein, welche zur Projectionsaxe *A X* um den Winkel *α* geneigt ist. Der neue Aufriss erscheint als Ellipse, für welche die ursprüngliche Verticalprojection des Kreises die grosse

Axe ist. Die kleine Axe dagegen bildet die Verticalprojection desjenigen Kreisdurchmessers, welcher zuvor senkrecht auf der verticalen Projectionsebene stand. Mit Hilfe beider Axen kann nun die Ellipse leicht construirt werden.

Ausser der gewöhnlichen Ellipsenconstruction aus beiden Axen und den Brennpunkten, welche als bekannt vorausgesetzt wird, ist auch die folgende sehr bequem: — Beschreibt man über die kleine, wie auch über die grosse Axe einen Kreis (Fig. 42) und zieht dann vom Mittelpunkte *o* zu einem Punkte *n* des grossen Kreises den Radius *on*, so schneidet dieser den kleinen Kreis im Punkte *m*. Wird jetzt aus dem

Fig. 42.

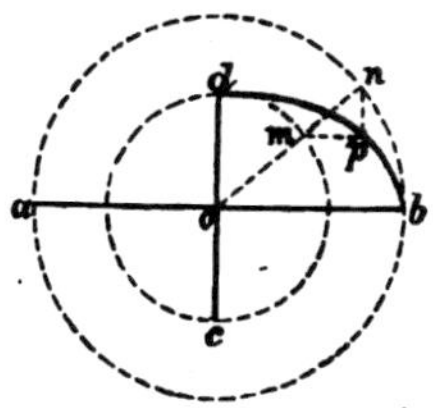

Punkte *n* eine Parallele zur kleinen und aus *m* eine Parallele zur grossen Axe gezogen, so ist der Durchschnittspunkt *p* dieser zwei auf einander senkrechten Geraden ein Punkt der Ellipse. Es werden nun beliebig viele Punkte auf die nämliche Weise bestimmt, worauf die Ellipse vollständig gezeichnet werden kann.

Aufgabe. Man zeichne die Seitenansichten des in Fig. 41 dargestellten Kreises vor und nach der Drehung.

§. 42.

Jede ebene Figur ist, da sie von Linien begrenzt wird, durch zwei Projectionen vollkommen bestimmt. Diese Projectionen können durch die Verbindung aller Fusspunkte der projicirenden Lothe, welche man durch die Eckpunkte der Figur gegen die Projectionsebenen zieht, jedesmal angegeben werden. — Man kann jedoch noch auf einem andern Wege zu den Projectionen einer ebenen Figur gelangen, indem man nämlich das Verfahren des Herabschlagens einer Figur umkehrt. Denn wie man durch Herabschlagen einer Figur ihre wahre Gestalt und Grösse erhalten konnte, so muss es umgekehrt wieder möglich sein, durch Aufdrehen einer Figur aus der Projectionsebene um einen bestimmten Winkel *α* die Projectionen der-

Fig. 43.

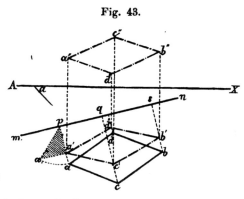

selben zu erhalten. Stellen in Fig. 43 *abcd* ein Viereck und *mn* eine gerade Linie vor, welche beide in der horizontalen Projectionsebene liegen, und denkt man sich die Linie mn, mit welcher die Figur $abcd$ auf irgend eine Art fest verbunden ist, als Drehungsaxe, so kann um diese das Viereck $abcd$ aus der horizontalen Projectionsebene um einen beliebigen Winkel α herausgedreht werden. Dadurch gelangt die Figur in den Raum, und um nun ihre Lage vollständig zu bestimmen, müssen von derselben zwei Projectionen angegeben werden. Letztere lassen sich zeichnen, sobald der Winkel α, um welchen die Figur $abcd$ aus der Projectionsebene herausgedreht wurde, bekannt ist. Denn die Senkrechten ap, $cq \ldots$, welche man aus den Eckpunkten des Vierecks auf die Drehungsaxe mn zieht, stellen die horizontalen Projectionen der Kreisbögen vor, in welchen die Punkte a, b, c und d bei der Drehung aufsteigen. Die Linien ap, $cq \ldots$ sind aber gleichzeitig die Halbmesser derjenigen Kreisbögen, in welchen die Punkte $a, c \ldots$ aufsteigen. Wenn man vorläufig nur den Punkt a in's Auge fasst und den Kreisbogen, in welchem er bei der Drehung aufsteigt, anstatt im Raume in der horizontalen Projectionsebene zieht, und bei p an die Linie pa den Winkel α anträgt, so ist bei a_1, der aufgedrehte Punkt a, dessen Grundriss nach a' fällt, wenn man sich den Winkel α wieder in seine auf der mn und auf der horizontalen Projectionsebene senkrechte Lage gebracht denkt. Das Stück $a_1 a'$ gibt den Abstand des gedrehten Punktes a von der horizontalen Projectionsebene an, und ist daher bestimmend für die Entfernung des Aufrisses a'' von der Projectionsaxe. — Dreht man auch die übrigen drei Eckpunkte b, c, und d ebenso wie den Punkt a, so ergeben sich durch Verbindung der Projectionen der gedrehten Punkte die richtigen Projectionen der Figur $abcd$ in der neuen Lage.

An die Darstellung ebener Figuren sollte sich nun die der krummen Flächen unmittelbar anschliessen. Da aber krumme Flächen als solche bloss ein rein theoretisches Interesse haben, und nur als Oberflächen der Körper von praktischer Bedeutung sind, so wollen wir erst bei der Darstellung der Körper auf dieselben zurückkommen.

Darstellung der Körper.

Pyramide und Kegel. — Prisma und Cylinder.

§. 43.

Pyramide und Kegel. — Wird ein Punkt im Raume mit den Eckpunkten eines Drei-, Vier- oder Vieleckes durch gerade Linien verbunden, so umschliessen die hiedurch entstehenden Dreiecke, wenn man sie als ebene Flächen betrachtet, in Verbindung mit der drei-, vier- oder vielseitigen Figur einen Körper, der Pyramide heisst. Das Drei-, Vier- oder Vieleck wird die Grundfläche oder Basis, und jener Punkt, in welchem alle Seitenflächen zusammen treffen, die Spitze der Pyramide genannt. Demgemäss bilden die Kanten, welche die Basis umschliessen, die Grundkanten und die in der Spitze sich vereinigenden die Seiten-, Längen- oder Pyramidenkanten. Das Perpendikel von der Spitze auf die Basis stellt die Höhe; die Verbindungslinie der Spitze mit dem Mittelpunkte der Basis aber die Axe der Pyramide vor. Fällt die Axe mit der Höhe in eine Linie zusammen, so nennt man die Pyramide eine gerade, im Gegensatze zur schiefen Pyramide, bei der die Axe und die Höhe zwei verschiedene Linien sind, die nur in der Spitze zusammen treffen. Die Pyramiden werden nach der Anzahl der Seiten der Basis drei-, vier-, fünf- ... n-seitige Pyramiden genannt. Von diesen ist diejenige gerade Pyramide eine regelmässige oder reguläre, welche ein regelmässiges Vieleck als Grundfläche hat. — Eine dreiseitige Pyramide, die von vier congruenten und gleichseitigen Dreiecken begrenzt wird, heisst Tetraeder.

§. 44.

Mit der Zunahme der Seitenanzahl der die Basis bildenden Figur, wird diese sich mehr und mehr einer krummen Linie nähern und endlich wirklich eine solche werden, wenn die Anzahl der Seiten unendlich gross geworden ist. Die Dreiecke, welche bei der Pyramide die Seitenflächen bilden, gehen dabei in eine continuirlich gekrümmte Fläche über, welche

Mantelfläche genannt wird. Die Mantelfläche mit der Basis zusammen schliessen den Körper ein, welcher Kegel heisst, und der nach der Form seiner Basis, ein kreisförmiger, elliptischer, parabolischer u. s. w., und nach der Lage der Axe ein gerader oder ein schiefer Kegel genannt wird. Die meisten Pyramiden und Kegel, welche in der Praxis an zusammengesetzten Gegenständen vorkommen, sind gerade und die Pyramiden häufig auch noch regulär. Die Basis kann gewöhnlich mit einer Projectionsebene zusammenfallend, oder zu einer derselben parallel angenommen werden, daher sie meistens in der wahren Gestalt erscheint. Die Projectionen der Pyramide und des Kegels werden erhalten, wenn man alle sie umschliessenden Flächen projicirt. Da aber eine Pyramide oder ein Kegel schon bestimmt ist, wenn die Grundfläche und die Spitze gegeben sind, so wird es jedesmal nur auf die Darstellung eines Punktes (der Spitze) und einer ebenen Fläche (der Basis) ankommen. Beim Kegel werden in jeder Projection nur seine äussersten Umrisse (Conturen) erscheinen.

Fig. 44 a.   Fig. 44 b.

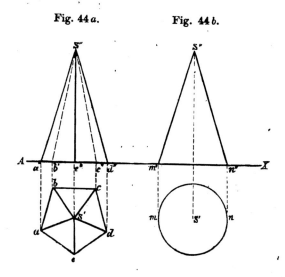

Fig. 44 a stellt eine reguläre fünfseitige Pyramide und Fig. 44 b einen geraden kreisförmigen Kegel vor, welche beide

auf der horizontalen Projectionsebene aufstehen. Es erscheinen
daher im Grundrisse die Grundflächen und im Aufrisse die
Höhen in der wahren Grösse.

§. 45.

Prisma und Cylinder. — Wird die Spitze einer Pyramide von ihrer Grundfläche immer mehr und mehr entfernt,
und zuletzt in eine unendlich grosse Entfernung gebracht, so
werden die Seitenkanten immer weniger convergiren und endlich ganz parallel werden. Nimmt man von diesem neu ent-
standenen Körper ein durch zwei parallele Ebenen begrenztes
Stück heraus, so erhält man ein Prisma, welches von Parallelogrammen als Seitenflächen und zwei congruenten Vielecken als Grundflächen begrenzt sein
wird. Die Verbindungslinie der Mittelpunkte beider Grundflächen bildet die Axe und der senkrechte Abstand beider
Grundflächen gibt die Höhe des Prismas an, welches ein
gerades oder schiefes genannt wird, je nachdem die
Axe senkrecht oder schief auf der Basis steht. Ein gerades
Prisma mit regelmässigen Vielecken als Grundflächen wird ein
reguläres oder regelmässiges Prisma genannt. Hat ein
solches sechs gleiche Quadrate als Grenzflächen, so nennt man
es einen Würfel, Kubus oder Hexaeder. Je nach der
Anzahl der Seiten der Grundflächen wird das Prisma ein
drei-, vier-, fünfseitiges u. s. w. genannt.

§. 46.

Wenn die Seitenanzahl der Grundflächen bei einem regulären Prisma unendlich gross wird, so gehen die Grundflächen
in Kreise und die Seitenflächen in eine gleichmässig gekrümmte
Oberfläche (Mantel) über, welcher mit den Grundflächen zusammen den Cylinder einschliesst. Die Grundflächen des Cylinders können aber nicht nur Kreise, sondern auch Ellipsen oder
andere krummlinig begrenzte Flächen sein. Die Benennung
erfolgt dann nach der Form der Basis, indem man sagt: ein

kreisförmiger, ein elliptischer Cylinder u. s. w.;
der wieder nach der Lage der Axe ein gerader oder ein
schiefer Cylinder genannt wird. Fig. 45*a* stellt ein reguläres vierseitiges Prisma und Fig. 45*b* einen geraden kreisförmigen Cylinder vor. Da beide Körper auf der horizontalen

Fig. 45*a*.   Fig. 45*b*.

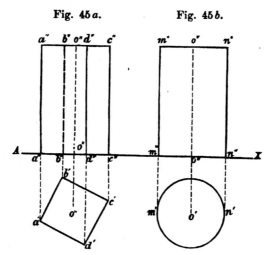

Projectionsebene aufstehen, so ist im Grundriss die wahre Gestalt der Grundflächen und im Aufriss die Höhe beider Körper
enthalten.

Einfach wird es nun sein diese oder ähnliche Körper
dann darzustellen, wenn sie senkrecht auf der Vertical- oder
Kreuzrissebene stehen.

Aufgabe: Man stelle zur Uebung folgende Körper im
Grund- und Aufrisse dar:

1. Eine sechsseitige reguläre Pyramide, welche auf der verticalen Projectionsebene aufsteht und deren Spitze $1\frac{1}{4}$ Zoll
über der horizontalen Projectionsebene liegt. Die Höhe
dieser Pyramide beträgt 2 und der Radius des der Grundfläche umschriebenen Kreises $\frac{1}{2}$ Zoll.

2. Denjenigen Kegel, welcher die vorige Pyramide genau
umschliesst.

3. Einen geraden kreisförmigen Cylinder von $1\frac{1}{4}$ Zolle
Durchmesser. Die Grundflächen, welche parallel zu der

56

horizontalen Projectionsebene sind, stehen von derselben um ½ und 2 Zoll ab. Die Axe des Cylinders ist von der verticalen Projectionsebene ³/₁ Zoll entfernt.

4. Dasjenige fünfseitige Prisma, welches den obigen Cylinder genau umschliesst.

5. Ein achtseitiges reguläres Prisma, dessen Axe senkrecht auf der Kreuzrissebene steht. — Die Abmessungen sind selbst zu wählen.

§. 47.

Obwohl es nicht in dem Bereiche dieses Leitfadens liegt, die in der Praxis seltener vorkommenden schiefen Lagen der verschiedenen Körper gegen die Projectionsebenen zu behandeln, so soll doch wenigstens der Weg angedeutet werden, wie man hiebei vorzugehen hat. Wäre z. B. eine reguläre dreiseitige Pyramide so darzustellen, dass ihre Axe zur verticalen Projectionsebene parallel ist und mit der horizontalen den

Fig. 46a.   Fig. 46b.   Fig. 46c.

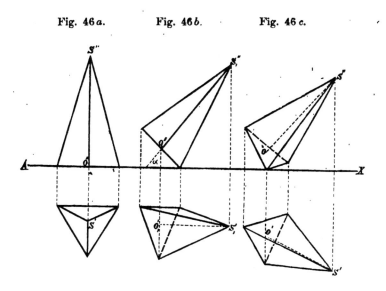

Winkel α einschliesst, so kann man dieselbe zuerst auf der horizontalen Projectionsebene aufstehend zeichnen (Fig. 46a), dann so neigen, dass ihre Axe mit der horizontalen Projectionsebene den gegebenen Winkel α einschliesst (Fig. 46 b). Sollte die Pyramide (oder ein anderer Körper) aber eine solche Lage erhalten, dass ihre Axe nicht nur mit der horizontalen, sondern auch mit der verticalen Projectionsebene einen gegebenen Winkel einschliesst, so kann die Pyramide durch eine zweimalige Drehung in die verlangte Lage gebracht werden. (Fig. 46 c).

Bei der Darstellung der Körper in solchen schiefen Lagen wird es meistens auf die Drehung einer oder mehrerer Linien (der Axe oder der Seiten) ankommen. Desshalb wird es genügen die zweimalige Drehung einer einzelnen Geraden OS Fig. 47 a (die allenfalls die Axe eines Körpers vorstellen kann) näher zu beleuchten.

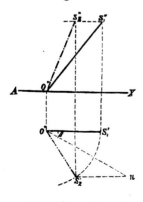

Fig. 47 a.

Fig. 47 b.

Neigt man die OS dergestalt um einen bestimmten Winkel α, dass dieselbe zur verticalen Projectionsebene parallel bleibt, so wird ihre verticale Projection, welche der wahren Länge der Geraden OS gleich ist, mit der AX den Winkel $(90 - \alpha)$ einschliessen. Die horizontale Projection erscheint nicht mehr als Punkt, sondern als eine gegen die OS verkürzte und zur Projectionsaxe AX parallele Gerade $O'S'_1$. Soll nun die Gerade weiter so gestellt werden, dass sie auch mit der verticalen Projectionsebene einen Winkel β bildet, so müssen beide Projectionen verkürzt erscheinen und schief gegen die Axe sein (Fig. 47 b). Die OS_1 wird unendlich viele Lagen einnehmen können und in jeder den Winkel $(90 - \alpha)$ mit der horizontalen Projectionsebene einschliessen; denn der Punkt S_1 kann einen Kreis vom Halbmesser $O'S_1$ durchlaufen, der mit der horizontalen Projectionsebene parallel ist, wobei die Linie OS_1 die Mantelfläche eines Kegels beschreibt, in welcher jede Seite unter dem Winkel $(90 - \alpha)$ gegen die horizontale Projectionsebene geneigt ist. Um nun die Projectionen jener Lage der Geraden anzugeben, in der sie mit der verticalen Projectionsebene den Winkel β einschliesst, zieht man $O'n$ unter dem Winkel β zur $O'S'_1$, trägt die wahre Länge der Geraden darauf bis n auf

und zieht aus n die zur $O'S'_1$ Parallele nS'_2, wodurch man in $O'S'_2$ die
horizontale und in $O''S''_2$ die verticale Projection der Geraden OS_2 erhält, welche mit der verticalen und horizontalen Projectionsebene die Winkel β und $(90 - \alpha)$ einschliesst. Die Richtigkeit dieser hier angegebenen
Construction ist leicht einzusehen, wenn man bedenkt, dass S_2 $(S'_1 S''_2)$
der Durchschnittspunkt derjenigen zwei Kreisbögen ist, welche von den
Endpunkten S_1 und n der Geraden OS_1 und On beschrieben werden,
wenn man diese Linien der Art bewegt, dass die erstere stets den
Winkel $(90 - \alpha)$ mit der horizontalen und die letztere den Winkel β
mit der verticalen Projectionsebene bildet.

§. 48.

Netze der Körper.

Wenn man alle Begrenzungsflächen eines eckigen Körpers in die Projectionsebene herabschlägt, so erscheinen dieselben in ihrer wahren Gestalt und Grösse, und geben im Zusammenhange dargestellt das Netz des Körpers an.

Das Netz einer Pyramide (Fig. 48) muss also aus den
herabgeschlagenen Dreiecken, welche die Seitenflächen bilden,
in Verbindung mit der Basis bestehen und ebenso wird das

Fig. 48. Fig. 49.

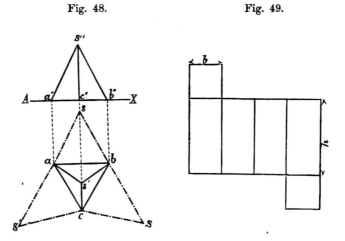

eines Prismas aus den herabgeschlagenen Parallelogrammen
und den beiden Grundflächen zusammengesetzt sein. — Die

Netze der Körper können jedoch meistens auch ohne Zuhilfe-
name der Projectionen angegeben werden. Ist z. B. vom regulären vierseitigen Prisma (Fig. 49) Höhe und Breite gegeben,
so kann das Netz unmittelbar auf einer Zeichenfläche dargestellt werden, da man, um das vollständige Netz des Prismas
anzugeben, nur vier congruente Rechtecke (von der Grund-
linie b und der Höhe h) im Zusammenhange mit zwei Qua-
draten (von der Seite b) zu zeichnen hat. Dies geschieht auf
ähnliche Art bei den meisten regulären Körpern.

Die Mantelflächen der Kegel und Cylinder, die wir aus
den Seitenflächen der Pyramiden und Prismen hergeleitet haben, lassen sich ebenfalls in eine Ebene ausbreiten, da man
sich dieselben aus lauter kleinen, schmalen Dreiecken, bezie-
hungsweise Parallelogrammen bestehend denken kann, welche
sich in einer Ebene neben einander anreihen lassen. Am ein-
fachsten ist das Netz eines geraden kreisförmigen Kegels oder
Cylinders darzustellen, indem das des ersteren ein Kreissector in
Verbindung mit der Basis des Kegels und das des zweiten ein
Rechteck verbunden mit beiden
Grundflächen des Cylinders ist.
Zur Construction des erstern wird
der Halbmesser der kreisförmigen
Kegelbasis und die Länge einer
Kegelseite, für das zweite der
Radius der Grundflächen und die
Höhe des Cylinders gefordert.

In Fig. 50 ist das Netz eines
geraden Kreiskegels dargestellt.
Der Kreisbogen ab des Mantels m
ist dem Umfange der Basis b_1

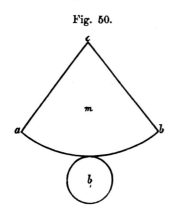

Fig. 50.

gleich und die Geraden ac und bc haben die Länge einer
Kegelkante. — Fig. 51 stellt das Netz eines geraden Kreiscylinders vor, in welchem m die abgewickelte Mantelfläche und
b und b_1 die beiden Grundflächen bedeuten.

Bei einem schiefen Kegel oder Cylinder hätte man die
Mantelfläche in entsprechend kleine Dreiecke respective Paral-

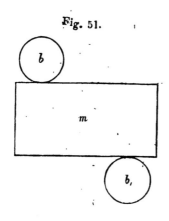

Fig. 51.

lelogramme zu zerlegen, dieselben auf der Zeichenfläche in zusammenhängender Reihenfolge auszubreiten und alsdann noch die Grundflächen anzuschliessen.

§. 49.

Die Mantelflächen des Kegels und Cylinders gehören wegen ihrer Eigenschaft, wonach sie sich in eine Ebene ausbreiten lassen, zu einer Kategorie von krummen Oberflächen, welche man abwickelbare Flächen nennt, zum Unterschiede von den nicht abwickelbaren Flächen, die nicht in eine Ebene ausgebreitet werden können, also durch Netze nicht darzustellen sind. Zu den nicht abwickelbaren Flächen gehören alle windschiefen und die meisten Rotations-Flächen, welche die nunmehr folgenden Körper zum Theile oder auch ganz begrenzen.

§. 50.

Körper mit windschiefen Oberflächen.

Wenn die Oberfläche eines Körpers so beschaffen ist, dass was immer für zwei gerade Linien, welche man in ihr zieht, weder zu einander parallel sind, noch sich schneiden, also durch dieselben keine Ebene gelegt werden kann, so wird sie eine windschiefe Oberfläche genannt. Von diesen ist für das praktische Leben die Schraubenfläche die wichtigste, da sie alle Schrauben begrenzt und desshalb auch näher betrachtet werden soll. Um die Construction und Darstellung der Schrauben zu erklären, müssen wir jene der Schraubenlinie und Schraubenfläche vorangehen lassen.

Schraubenlinie. — Bewegt sich ein Punkt auf der Mantelfläche eines Kegels oder Cylinders der Art empor, dass unter sich gleichen Wegen in horizontaler, auch unter sich gleiche

Wege in verticaler Richtung entsprechen, so beschreibt derselbe eine Schraubenlinie. Von diesen hat wieder diejenige
den grössten praktischen Werth, welche vom erzeugenden
Punkte auf der Mantelfläche eines geraden Kreiscylinders beschrieben wird.

Fig. 52.

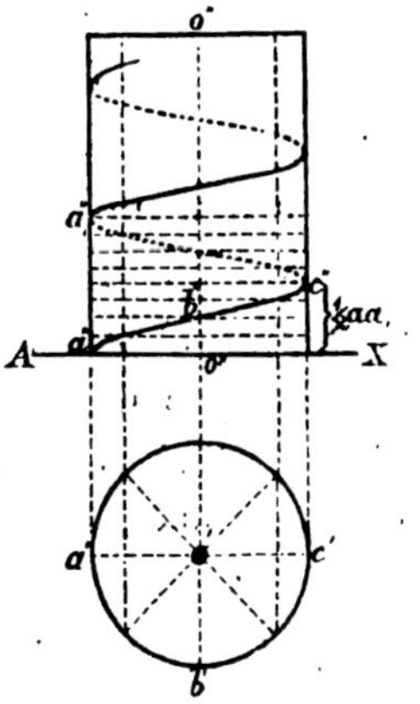

Es stelle Fig. 52 den Grund- und
Aufriss eines geraden kreisförmigen Cylinders und a den die Schraubenlinie erzeugenden Punkt vor, so wird derselbe
nach jeder vollen Umdrehung vertical
über seine ursprüngliche Lage zu stehen
kommen und sich nach der ersten Umdrehung in a_1 befinden. Das Stück der
Schraubenlinie (von a bis a_1) welches
der Punkt a während einer vollen Umdrehung erzeugt, nennt man einen Gang
derselben, — und der verticale Abstand
$a a_1$ heisst die Höhe eines Schraubenganges oder Ganghöhe. Kommt
der Punkt a nach einer vollen Umdrehung nach a_1, so kann
er, um dem Bewegungsgesetze, nach welchem er aufsteigt,
Genüge zu leisten, nach einer Viertelumdrehung auch nur um
ein Viertel der ganzen Ganghöhe aufgestiegen sein und muss
sich daher in b befinden. Nach einer halben Umdrehung wird
der Punkt die halbe Höhe des Schraubenganges erreicht haben,
also nach c gekommen sein, wo $nc = \frac{1}{2} a a_1$ ist. Die zweite
Hälfte der Windung muss ebenso wie die erste erfolgen, und
nach Beendigung derselben wird der Punkt a in a_1 angelangt
sein. — Der Aufriss der Schraubenlinie wird also als eine um die
Mantelfläche des Cylinders geschlungene Linie erscheinen, von
der die auf der vordern Hälfte des Cylinders liegenden Theile
sichtbar, die rückwärtigen jedoch unsichtbar sind, wenn man
annimmt, dass der Cylinder ein undurchsichtiger Körper ist.
Der Grundriss der Schraubenlinie erscheint als Kreis, welcher mit
dem Grundrisse der Mantelfläche des Cylinders zusammenfällt.

§. 51.

Schraubenfläche. — Nehmen wir nun (Fig. 53) die Schraubenlinie, wie sie eben dargestellt wurde und vom Cylinder nur die Axe als vorhanden an, so entsteht die Schraubenfläche dadurch, dass sich eine gerade Linie ap (Erzeugungslinie genannt) so fortbewegt, dass sie die Schraubenlinie fortwährend berührt und ausserdem die Axe des Cylinders unter einem constanten Winkel a schneidet. In Fig. 53 wurden mehrere Positionen der Erzeugenden angegeben. Dieselben erscheinen im Grundrisse als Radien desjenigen Kreises, welcher die Horizontalprojection des Cylinders angibt, auf dem die Schraubenlinie erzeugt wurde.

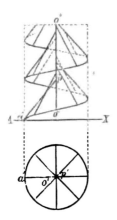

Fig. 53.

Die Schraubenflächen begrenzen bei technischen Gegenständen die Schrauben mit scharfem und flachem Gewinde. Bei erstern schliesst die erzeugende Linie ap mit der Axe des Cylinders einen spitzen, bei letztern einen rechten Winkel ein.

§. 52.

Schrauben. — Eine Schraube mit scharfem Gewinde (scharfe Schraube) kann man sich dadurch entstanden denken, dass sich ein gleichschenkeliges Dreieck abc (Fig. 54) auf der Mantelfläche eines Cylinders dergestalt aufsteigend bewegt, wie diess bei der Entstehung der Schraubenlinie für den erzeugenden Punkt angegeben wurde. Das Dreieck abc hat während dieser Bewegung die Mantelfläche des Cylinders mit seiner Basis ab stets zu berühren und die erweiterte Dreiecksebene muss jedesmal durch die Cylinderaxe hindurch gehen. Jeder Eckpunkt des Dreiecks beschreibt dabei für sich eine Schraubenlinie und die beiden gleichen Dreiecksseiten ac und bc zwei Schraubenflächen, welche nun jenen Körper einschliessen,

den man das Gewinde der Schraube (Schraubengewinde)
nennt. Die Schraubenlinie, welche die Spitze des Dreiecks c
beschreibt, liegt auf einem mit dem innern concentrischen Cylinder, den man sich behufs der Construction nur in Blei zu
zeichnen braucht. Bewegt sich anstatt eines Dreiecks ein Rechteck oder Quadrat ebenso um den Cylinder, wie dies für ein
Dreieck soeben angegeben wurde, so entsteht eine Schraube
mit flachem Gewinde (flache Schraube). Fig. 54 stellt
eine scharfe und eine flache Schraube dar, bei welcher die

Fig. 54.

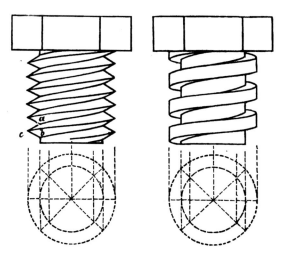

halbe Ganghöhe der Basis des Dreiecks, respective der Seite
des Quadrates gleich gemacht wurde. Nur die vordern Theile
wurden ausgezogen und die rückwärtigen. also unsichtbaren
der Deutlichkeit wegen ganz weggelassen.

Aufgabe: Man stelle die in Fig. 54 angegebenen
Schrauben in dopelter Grösse dar.

§. 53.

Der massive Cylinder, auf welchem die Gewinde der
Schraube aufsitzen, heisst die Schraubenspindel und der an
einem Ende der Spindel angearbeitete stärkere Theil von runder,
quadratischer oder sechseckiger Form der Schraubenkopf.

Für die praktische Verwendung der Schraube ist noch ein zweiter Theil, nämlich die Schraubenmutter erforderlich, in welche die Schraube eingreift und erst dadurch wirksam wird. Es müssen daher die Gewinde gerade so, wie sie auf der Spindel aufgesetzt sind, in die Schraubenmutter eingeschnitten werden.

Die Ganghöhe ist bei verschiedenen Schrauben sehr verschieden und wird je nach dem Bedarf eingerichtet.

Bei der Untersuchung über die Beugung des Lichtes wurden von Fraunhofer Mikrometerschrauben verwendet, bei welchen 340 Gänge (Gewinde) auf einen Zoll gingen. — Die Schiffsschrauben (Propeller) bestehen der Hauptsache nach aus Theilen eines Schraubenganges von bedeutend grosser Ganghöhe. Ihre Krümmung und Gestalt ist sehr verschieden; häufig von der Form einer rein windschiefen Fläche erfahrungsgemäss abweichend gemacht. — Manchmal werden auf eine Spindel zwei Gewinde aufgesetzt, deren Ganghöhen nur um weniges verschieden sind. Solche Schrauben werden Differentialschrauben genannt.

Wenn die Gewinde einer Schraube von links nach rechts aufsteigen, so heisst dieselbe eine rechtsgehende und im entgegengesetzten Falle eine linksgehende Schraube. Die letztere wird selten und nur in speciellen Fällen angewendet, da ihre Handhabung meistens unbequem ist.

Alle Dimensionen an einer Schraube sind Functionen des Durchmessers der Schraubenspindel und werden nach gewissen für die Praxis schon festgesetzten Formeln aus demselben bestimmt.

§. 54.

Körper, die von Umdrehungs- oder Rotationsflächen begrenzt sind.

Wenn sich irgend eine Linie unter Zurücklassung einer Spur so lange um eine fixe Gerade herumdreht, bis sie ihre ursprüngliche Lage wieder einnimmt, so wird von derselben eine Fläche erzeugt, die Umdrehungs- oder Rotationsfläche genannt wird und die denjenigen Körper umschliesst, den wir einen Rotationskörper nennen. Die fixe Gerade, um welche die Drehung vor sich geht, heisst die Rotations- oder Umdrehungsaxe und die sich um dieselbe drehende Linie die Erzeugungslinie.

Bei der Entstehung der Oberfläche eines Rotationskörpers beschreibt jeder Punkt der Erzeugungslinie einen Kreis, welcher Parallelkreis genannt wird und dessen Ebene senkrecht auf der Umdrehungsaxe steht. Die Erzeugungslinien heissen Meridiane, wenn sie in Ebenen liegen, welche durch die Rotationsaxe gehen. Jede Meridianebene geht also durch die Rotationsaxe und steht auf den Ebenen aller Parallelkreise senkrecht.

Für jede Erzeugungslinie, auch wenn sie eine doppelt gekrümmte Linie ist, kann eine ebene Curve substituirt werden, welche so beschaffen ist, dass sie die Umdrehungsfläche der ersteren Curve erzeugt und ausserdem mit der Rotationsaxe in einerlei Ebene liegt.

Wenn sich ein Kreis um einen seiner Durchmesser dreht, so erzeugt er die Oberfläche einer Kugel. Bewegt sich ein Kreis aber um eine ausser ihm liegende Gerade, so erzeugt derselbe eine ringförmige Rotationsfläche. Je nachdem sich eine Ellipse, Parabel oder Hyperbel um ihre Axe dreht, entsteht ein Rotationsellipsoid, ein Rotationsparaboloid oder ein Rotationshyperboloid.

§. 55.

Im Allgemeinen kann eine gerade Linie die Oberfläche eines Rotationskörpers schneiden oder berühren, nicht aber ganz oder auch nur theilweise in derselben liegen. Davon auszunehmen sind jedoch die Mantelflächen der geraden kreisförmigen Kegel und Cylinder, welche Körper ebenfalls zu den Rotationskörpern gezählt werden können, da man sich dieselben nicht nur, wie früher gezeigt wurde, aus der Pyramide und dem Prisma, sondern auch durch Rotation eines rechtwinkeligen Dreiecks und eines Rechtecks entstanden denken kann.

§. 56.

Bei der Darstellung der Rotationskörper werden nur die äussersten Umrisse (Contouren) und die allenfalls vorhandenen Kanten gezeichnet. Diese Umrisse werden aber von den Projectionen der äussersten Meridiane und Parallelkreise gebildet (wenn man voraussetzt, dass eine Projectionsebene senkrecht auf der Rotationsaxe steht), wesshalb die Projectionen

5

einer Kugel immer Kreise, die eines Ellipsoides Ellipsen oder
Kreise sein werden u. s. w.

Wenn die **Erzeugungslinie und die Umdrehungsaxe** gegeben sind, so ist die **Rotationsfläche** und somit
auch der von ihr umschlossene **Rotationskörper bestimmt,**
und es können die Projectionen des letztern vollständig gezeichnet werden. Steht bei der Kugel und dem Ringe in
Fig. 55 die Umdrehungsaxe auf der horizontalen Projectionsebene senkrecht, so projiciren sich im Aufrisse alle Parallelkreise als zur Projectionsaxe parallele Geraden und die Meri-

Fig. 55.

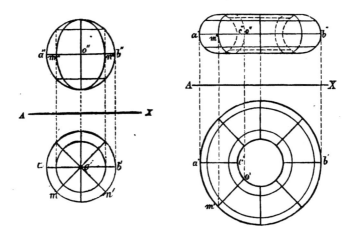

diane entweder als Kreise, als Ellipsen oder als gerade Linien, je nach der Lage, die sie gegen die Projectionsebenen
einnehmen. Im Grundrisse dagegen erscheinen die Parallelkreise als concentrische Kreise und die Meridiane als gerade
Linien (Durchmesser), welch letztere durch den Grundriss
der Rotationsaxe gehen. — In Fig. 55 sind auf den zwei dargestellten Rotationskörpern einige Meridiane und Parallelkreise
angegeben, die aus der Zeichnung klar ersichtlich sind.

Aufgabe: Man zeichne im Grund- und Aufrisse das Rotationsellipsoid, welches entsteht, wenn sich die durch nach-
folgende Angabe bestimmte Ellipse um ihre grosse Axe dreht.

Die grosse Axe der auf der verticalen Projectionsebene senkrechten Ellipse beträgt 2 Zoll. Das Verhältniss zwischen beiden Axen sei 3, also $a : b = 3 : 1$. Der Mittelpunkt der Ellipse ist von der verticalen Projectionsebene um $1\frac{1}{2}$ Zoll und von der horizontalen um $\frac{3}{4}$ Zoll entfernt.

Ebene Schnitte und Durchdringungen der Körper.

§. 57.

Alle technischen Gegenstände, wie: Maschinen, Schiffe, Gebäude etc., bilden sowohl in den einzelnen Theilen, aus denen sie bestehen, als auch in ihrem Ganzen, stets nur verschieden combinirte Zusammensetzungen aus denjenigen einfachen Körperformen, welche in den frühern Paragraphen abgehandelt wurden. Es geschieht jedoch häufig, dass wir den soeben betrachteten Körpern in einer sehr veränderten Form begegnen, indem es der Zweck eines Gegenstandes oftmals erfordert, dass einzelne seiner Theile als überflüssig weggeschnitten, oder durch andere ersetzt werden müssen. — Manchmal dringen Körper von verschiedenen Dimensionen und Gestalten in einander ein, stecken in einander und durchdringen sich nicht selten auch ganz, wodurch Theile des einen oder des andern Körpers unsichtbar werden und ganz neue Körperformen zum Vorschein zu kommen scheinen. Allein bei aufmerksamer Betrachtung wird man sich jedesmal überzeugen, dass auch der complicirteste Gegenstand nur durch Verbindung einfacher schon bekannter Körper entstanden ist.

Wenn durch eine Ebene ein Theil eines Körpers weggeschnitten wird, so nennt man dies einen ebenen Schnitt des Körpers. Erscheint aber ein Körper so in den andern eingeschoben, dass einige Theile beiden Körpern gemeinschaftlich angehören, so sagt man: die Körper durchdringen sich.

Bei den ebenen Schnitten wird es sich darum handeln, diejenigen Punkte und Linien anzugeben, in welchen die Kanten und Begrenzungsflächen des Körpers die schneidende Ebene treffen. Die Durchschnittslinien der Flächen des Körpers mit der schneidenden Ebene begrenzen alsdann eine Figur, welche

5 *

Durchschnittsfigur oder auch nur Schnittfigur genannt wird. Durchdringen sich zwei oder mehrere Körper, so wird die Durchschnittslinie ihrer Oberflächen (Durchdringungslinie genannt) die Schnittfigur angeben. Diese ist nur in besondern Fällen eine ebene Figur. Bei der Durchdringung von Körpern mit krummen Oberflächen wird dieselbe meistens von einer doppelt gekrümmten Curve begrenzt. Die Bestimmung und Darstellung der Schnittfigur ist bei ebenen Schnitten meistens einfach; bei Durchdringungen jedoch ist es oft nicht leicht, die sichtbaren und unsichtbaren Theile zu trennen, da manchmal eine genaue Vorstellung zweier oder noch mehrerer, sich gleichzeitig an der Durchdringungsstelle befindlicher Körper mühsam und schwierig ist. Es ist in solchen Fällen rathsam sich nur einen Körper genau gegenwärtig zu halten und vom zweiten die einzelnen Kanten zu verfolgen, weil man bei diesem Vorgange leicht ersehen wird, wo dieselben in den erstern Körper eindringen und wieder hervorkommen. — Die Durchschnittsfigur wird in den meisten Fällen durch Verbindung der Durchgänge einzelner Linien mit einer ebenen Fläche erhalten, daher muss es zunächst darauf ankommen, den Durchschnitt einer Linie mit einer Ebene zu bestimmen, die entweder durch ihre Grundschnitte oder durch eine ebene Figur gegeben sein kann.

§. 58.

Durchschnitt einer Geraden mit einer Ebene.

Die allgemeine Lösung dieser Aufgabe wird darin bestehen, dass man durch die Ge-

Fig. 56.

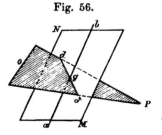

rade ab (Fig. 56) irgend eine Ebene MN legt und die Durchschnittslinie derselben $d\delta$ mit der gegebenen Ebene OP bestimmt. Der Punkt g, in welchem die Durchschnittslinie $d\delta$ von der Geraden ab getroffen wird, ist der Durchschnittspunkt dieser Geraden mit der Ebene OP. Dieser

Durchschnittspunkt ergibt sich für specielle Lagen der Ebene
O P meistens unmittelbar aus den Projectionen.

Fig. 57.

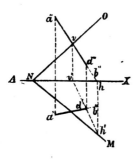

Wenn in Fig. 57 *M N*, *N O* die Grundschnitte einer Ebene und *a″ b″*, *a′ b′* die Projectionen einer Geraden vorstellen, deren
Durchschnitt mit der Ebene *M N O* auszumitteln ist, so wird es am einfachsten sein, durch
die Gerade eine projicirende, z. B. die vertical projicirende Ebene zu legen und ihre
Durchschnittslinie mit der Ebene *M N O* zu
bestimmen. Die Schnittpunkte *h* und *v* der
Grundschnitte beider Ebenen sind Punkte
ihrer gemeinschaftlichen Durchschnittslinie
h v, und *d′* und *d″* sind, wie leicht einzusehen ist, die Projectionen des
Durchgangspunktes der Geraden *a b* mit der Ebene *M N O*. —
Ist die Ebene durch eine begrenzte
Figur, wie in Fig. 58 durch das Dreieck *a b c* gegeben und soll wieder der
Durchgang der Geraden *m n* mit der
Dreiecksfläche ausgemittelt werden,
so wird man, wie im vorhergegan-
genen Falle durch die Gerade eine
projicirende z. B. wieder die vertical
projicirende Ebene legen. Die Linie
m″ n″ ist ein Stück des verticalen
Grundschnittes dieser Ebene und der
Theil *q″ p″*, der innerhalb des Auf-

Fig. 58.

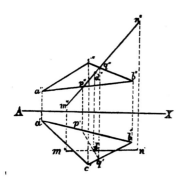

risses des Dreiecks *a b c* fällt, stellt die verticale Projection der Durchschnittslinie beider Ebenen vor. Die Horizontalprojection der Durchschnittslinie ist *p′ q′* und *d′* und *d″* sind die Projectionen des
Durchschnittspunktes.

Es sollen nun die ebenen Schnitte und Durchdringungen
an einigen einfachern Körpern untersucht werden, um sie nachher auf zusammengesetzte Gegenstände anwenden zu können.

Ebene Schnitte der Körper.

§. 59.

Ebene Schnitte an der Pyramide. — Wird die reguläre sechsseitige Pyramide in Fig. 59 durch eine auf ihrer Axe

70

Fig. 59.

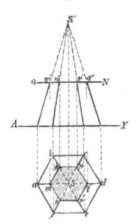

senkrechte Ebene geschnitten, so ist die Schnittfigur ein der Basis ähnliches Sechseck, dessen Aufriss als eine auf den Grundschnitt ON der schneidenden Ebene fallende gerade Linie $m''q''$ erscheint, in welcher die Punkte m'', n'', p'', q'' ... die verticalen Projectionen der Durchschnittspunkte der einzelnen Pyramidenkanten mit der Schnittebene bedeuten. Im Grundriss muss die Schnittfigur, als eine zur horizontalen Projectionsebene parallele Figur, in der wahren Gestalt und Grösse zum Vorschein kommen. Dieselbe wird leicht gefunden, da der Aufriss der Schnittfigur bereits bekánnt und der Grundriss der Pyramidenkanten gegeben ist, in welchen die horizontalen Projectionen der Durchschnittspunkte der Pyramidenkanten mit der Schnittebene liegen müssen. Das Sechseck $m'n'p'q'p'n'$ ist die Schnittfigur und die von demselben eingeschlossene schraffirte Fläche die Schnittfläche, welche nach dem Schnitte die obere Begrenzungsfläche der nunmehr abgestutzten Pyramide bildet.

§. 60.

Die Schnittfigur einer auf der verticalen Projectionsebene senkrechten und gegen die Axe der in Fig. 60 dargestellten vierseitigen Pyramide unter einem Winkel α geneigten Ebene ist ein Viereck, das im Aufriss wieder als eine mit dem verticalen Grundschnitt der Ebene NO zusammenfallende Gerade $a''b''c''d''$ schon vorhanden ist. Der Grundriss der Schnittfigur $a'b'c'd'$ erscheint als ein Viereck, jedoch nicht wie früher in der wahren Grösse, sondern ist gegen dieselbe verkleinert, da die Ebene der Schnittfigur gegen die horizontale Projectionsebene geneigt ist. Durch Herabschlagen kann aber erforderlichen Falles die wahre Grösse und Gestalt der Schnittfigur leicht angegeben werden.

Fig. 60.

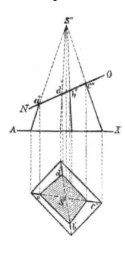

Die Grundschnitte der schneidenden Ebene brauchen in einfachen Fällen nicht über die Contour des Körpers hinaus verlängert zu werden, da
sie nur dort nothwendig sind, wo sie
mit der Projection der Schnittfigur zusammenfallen.

§. 61.

Ebene Schnitte am Prisma.
Jede mit der Basis eines Prismas parallele Ebene schneidet dasselbe in
einer zur Grundfläche congruenten Figur. — Eine Ebene, welche mit der Axe
des Prismas parallel ist, schneidet dasselbe nach einem Parallelo-
gramme. — Ist die schnei-
dende Ebene gegen die Axe
des Prismas geneigt, so wird
die Schnittfigur von der Form
des Prismas, so wie von
der Neigung und Lage der
schneidenden Ebene abhän-
gen. — Oftmals wird am
Grund- oder Aufrisse des
Körpers durch den Grund-
schnitt der schneidenden
Ebene die Schnittstelle nur
angedeutet, die Schnittfigur
selbst aber in ihrer wahren

Fig. 61.

Schnitt nach *MN*

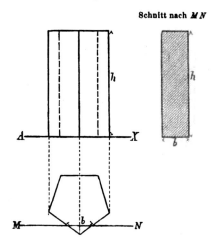

Gestalt seitwärts dargestellt, wie dies beim regulären fünfseitigen
Prisma in der nebenstehenden Fig. 61 geschehen ist. Dieses
Prisma wird von der zur verticalen Projectionsebene parallelen
Ebene *MN* nach einem Rechtecke von der Höhe *h* des Prismas
und der im Grundrisse enthaltenen Breite *b* geschnitten. Fällt
eine derartige Schnittfigur sehr klein aus, so pflegt man sie,

je nach Bedarf in der zwei-, drei-, auch vierfachen Grösse des
Grund- und Aufrisses darzustellen, da man auf diese Weise
eine der Schnittfigur ganz ähnliche, aber vergrösserte Figur
erhält, in welcher alle Theile deutlich sichtbar sind.

§. 62.

Die ebenen Schnitte mit einem geraden kreisförmigen Kegel geben die von den Kegelschnittslinien
(Kreis, Ellipse, Parabel und Hyperbel) begrenzten Schnittfiguren. Jede auf der Axe eines solchen Kegels senkrechte
Ebene ON (Fig. 62) schneidet die Mantelfläche desselben in
einem Kreise, der im Grundrisse als solcher und im Aufrisse
als gerade Linie erscheint.

Fig. 62.   Fig. 63.

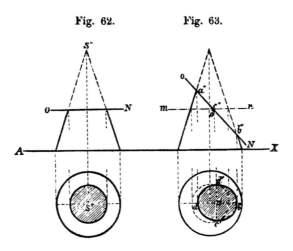

Schliesst die Ebene ON (Fig. 63) mit der Axe des Kegels einen Winkel ein, der zwar kleiner als ein rechter, aber
grösser als der Winkel der Kegelseiten mit der Axe des
Kegels ist, so wird die Schnittfigur von einer Ellipse
begrenzt sein. Steht dabei die schneidende Ebene senkrecht auf der verticalen Projectionsebene, so ist der Aufriss
des Schnittes eine Gerade $a''b''$ von der Länge der grossen
Axe der Ellipse. Der Grundriss der Schnittfigur ist zwar von
einer Ellipse $a'c'b'd'$ begrenzt, erscheint jedoch verkleinert, da

die Ebene der Schnittfigur gegen die horizontale Projectionsebene geneigt ist. Nachdem aber die kleine Axe cd der
elliptischen Schnittfigur eine auf der verticalen Projectionsebene senkrechte, also zur horizontalen Projectionsebene parallele Linie ist, so muss ihr Grundriss die wahre Länge angeben. Der Grundriss $c'd'$ der kleinen Axe wird nun leicht
erhalten, wenn man den Kegel durch eine Hilfsebene mn
schneidet, welche durch den Mittelpunkt der Ellipse geht und
senkrecht auf der Axe des Kegels steht. Der Hilfsschnitt ist
ein Kreis, der im Grundriss als solcher erscheint und auf der
Linie $c'd'$ die wahre Länge der kleinen Axe ($cd = c'd'$) für die
Ellipse der Schnittfigur abschneidet. Da also im Aufriss die
grosse und im Grundriss die kleine Axe der elliptischen Schnittfigur enthalten ist, so kann dieselbe in ihrer wahren Gestalt
und Grösse leicht gezeichnet werden. Durch Herabschlagen
oder durch Drehung um die grosse Axe ab könnte dieselbe
ebenfalls leicht erhalten werden.

§. 63.

Ist die den Kegel schneidende Ebene unter dem nämlichen
Winkel wie die Seiten des Kegels gegen die Axe desselben

Fig. 64.   Fig. 66.

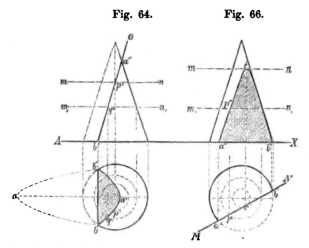

geneigt, so ist die Schnittfigur von einer Parabel umschlossen (Fig. 64). Steht die Schnittebene auf der verticalen

Projectionsebene senkrecht, so ist der Aufriss des Schnittes eine gerade Linie $a''b''$. Der Grundriss ist eine Parabel, für die sich unmittelbar aus dem Aufriss die drei Punkte a', b', b' ergeben. Um noch andere Punkte für den Grundriss des Schnittes zu erhalten, führe man auf die Kegelaxe senkrechte Hilfsschnitte durch die Ebenen $mn, m_1 n_1 \ldots$ und zeichne ihre Schnittlinien mit der Mantelfläche im Grund- und Aufrisse ein, wodurch beliebig viele Punkte $p', q' \ldots$ für den Grundriss des Schnittes aufgefunden werden können. Um die wahre Gestalt der Schnittfigur anzugeben, müsste man dieselbe seitlich herauszeichnen oder um die $b'b'$ in die horizontale Projectionsebene herabschlagen.

Fig. 65.

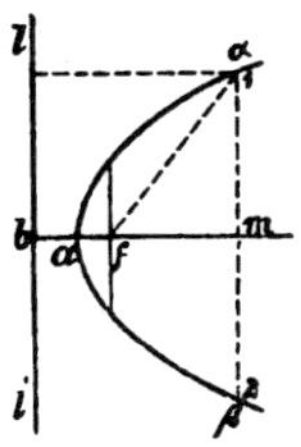

Häufig ist die Parabel zu construiren, wenn ihr Brennpunkt und die Leitlinie gegeben sind. Ist in Fig. 65 ll' die Leitlinie und f der Brennpunkt, so erhält man für's erste den Scheitel a der Parabel durch Halbirung der aus f auf die ll' senkrecht gezogene fb. Wird nun in einem beliebigen Punkte m der Axe auf dieselbe eine Senkrechte $\alpha\beta$ gezogen und diese Linie mit dem Abstande mb von f aus durchschnitten, so ergeben sich zwei Punkte 1 und 2 der Parabel. Aehnlich können beliebig viele Punkte der Parabel aufgefunden werden.

§. 64.

Schliesst endlich die den Kegel schneidende Ebene einen Winkel mit der Kegelaxe ein, der kleiner ist als jener, welchen die Seiten des Kegels mit der Axe desselben bilden, so ist **die Schnittfigur von einem Aste einer Hyperbel begrenzt.** — Jede mit der Axe des Kegels parallele Ebene muss die Mantelfläche somit auch nach einer Hyperbel schneiden. Wäre in Fig. 66 MN der horizontale Grundschnitt einer zur Kegelaxe parallelen Ebene, so stellt die Gerade $a'b'$ den Grundriss der Schnittfigur vor. Der Aufriss erscheint zwar als Hyperbel, aber nicht in der wahren Gestalt und Grösse der Schnittfigur. Durch die Schnitte der auf der Kegelaxe senkrechten Hilfsebenen $mn, m_1n_1 \ldots$ erhält man jedoch wieder eine beliebige Anzahl von Punkten für den Aufriss der Hyperbel. Um die Schnittfigur in der wahren Gestalt zu bekommen, ist es am einfachsten, dieselbe um die Linie $a'b'$ in die horizontale Projectionsebene herabzuschlagen. — Geht die schneidende Ebene durch die Axe des Kegels, so wird die Schnittfigur offenbar ein gleichschenkliges Dreieck sein.

Wenn die beiden Axen einer Hyperbel gegeben sind, so wird dieselbe auf folgende Weise construirt: Die Axen aa_1 und bb_1 (Fig. 67) stehen auf einander senkrecht und halbiren sich gegenseitig im Punkte O. — Trägt man jetzt die Entfernung zwischen a und b (ab) von o aus nach rechts und links auf, so ergeben sich die beiden Brennpunkte der Hyperbel f und f_1. Um nun Punkte für die Hyperbel zu bestimmen, zieht man sich seitwärts eine gerade Linie ·und trägt darauf die Axe aa_1, und dann von a aus ein beliebiges Linienstück mehrmals auf, so dass $a1 = 1, 2 = 2, 3 = 3, 4$ u. s. w. ist. Wird nun z. B. $a_1 4$ (oder überhaupt ein Linienstück, dass grösser ist als aa_1) in den Zirkel genommen und damit aus f und f_1 die Kreisbogen $\alpha\beta$ und $\gamma\delta$ beschrieben, sodann diese Kreisbogen durch das Stück $a4$ d. i. $(a_1 4 - aa_1)$ von f_1 und f aus durchschnitten, so ergeben sich für jeden Hyperbelast zwei (also im ganzen vier) Punkte. So vorgehend werden eine zur Construction der Hyperbel nöthige Anzahl von Punkten bestimmt.

Fig. 67.

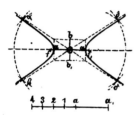

§. 65.

Fig. 68.

Schnitt nach ON

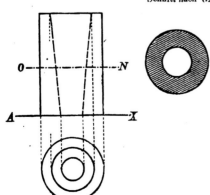

Jeder senkrecht auf die Axe eines geraden Kreiscylinders geführte Schnitt wird eine mit der Basis congruente Schnittfigur geben. — Eine Ebene, die durch die Axe eines Cylinders geht oder zu derselben parallel ist, schneidet den Cylinder nach einem Rechtecke. Gegen die

Cylinderaxe geneigte Ebenen werden den geraden Kreiscylinder nach Ellipsen schneiden. Die Bestimmung und Darstellung dieser Schnitte kann keiner Schwierigkeit unterliegen, sobald man die Schnitte am Kegel aufmerksam durchgenommen hat. In Fig. 68 ist ein Cylinder mit konischer Aushöhlung dargestellt. Der Schnitt nach *O N*, welcher als ein von zwei concentrischen Kreisen begrenzter Ring erscheint, wurde in seiner wahren Gestalt seitwärts dargestellt, wie dies bei technischen Zeichnungen durchwegs üblich ist.

§. 66.

Jede Ebene wird die Oberfläche eines Rotationskörpers nach einer krummen Linie schneiden, deren Gestalt von der Beschaffenheit des Rotationskörpers und von der Lage der schneidenden Ebene abhängen wird. Die Schnittfiguren werden aber speciell von Meridianen oder Parallelkreisen begrenzt sein, wenn die schneidende Ebene durch die Umdrehungsaxe geht oder auf derselben senkrecht steht.

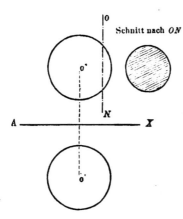

Fig. 69.

Schnitt nach *ON*

Die Fig. 69 stellt eine Kugel vor, welche von einer Ebene geschnitten wurde, die auf beiden Projectionsebenen senkrecht steht. Die Schnittfigur ist ein Kreis, der seitlich in seiner wahren Grösse dargestellt ist.

Hat die Ebene, welche mit einem Rotationskörper zum Schnitt kommt, eine allgemeine Lage gegen die Projectionsebenen, so wird die Schnittfigur im Allgemeinen dadurch erhalten, dass man die Durchgänge mehrerer Meridiane oder Parallelkreise der Rotationsfläche mit der Schnittebene bestimmt und dieselben durch eine continuirlich gekrümmte Linie verbindet.

Aufgabe. Der Durchmesser einer Kugel ist 4 Zoll; dieselbe ist im Grund- und Aufrisse darzustellen, und soll die Erde bedeuten.

Die Längen und Breiten zweier Punkte A und B sind durch $\lambda = 36°$ O und $\varphi = 20°$ N; und $\lambda_1 = 40°$ W, und $\varphi_1 = 30°$ S gegeben. Man zeichne diese Punkte im Grund- und Aufrisse ein, und bestimme ihre kürzeste Distanz, über die Oberfläche gemessen, wenn der Erdhalbmesser 3356000 Wiener Klafter genommen wird.

Kurze Angabe der Auflösung. Nachdem die Kugel dargestellt ist, zeichne man einen Meridian, den man als ersten gelten lässt, und den Aequator im Grund- und Aufrisse ein, und bestimme darnach zunächst die Lage der beiden Punkte A und B auf der Kugeloberfläche. Darauf lege man durch den Mittelpunkt der Kugel und durch die Punkte A und B eine Ebene, mittle den Schnitt derselben mit der Kugeloberfläche aus (derselbe ist ein grösster Kreis der Kugeloberfläche). Dasjenige Stück dieses Kreises, welches zwischen den Punkten A und B liegt, ist die kürzeste Distanz derselben, die nun weiters näherungsweise durch den zu construirenden verjüngten Massstab angegeben werden kann.

Durchdringungen der Körper.

§. 67.

Wenn sich Körper, die von ebenen Flächen begrenzt sind, durchdringen, so wird die Schnittfigur jedesmal eine von geraden Linien begrenzte Figur sein, welche dadurch erhalten wird, dass man die Durchschnittspunkte aller Kanten eines Körpers mit den Ebenen der Begrenzungsfiguren des andern bestimmt und dieselben in der richtigen Reihenfolge mitsammen verbindet. Bei ganz allgemeinen Lagen solcher Körper gegen die Projectionsebenen wird daher der Durchschnitt mehrerer gerader Linien (Körperkanten) mit verschieden gelegenen Ebenen, die durch begrenzte Figuren gegeben sind, auszumitteln sein. Für specielle Lagen beider oder auch nur eines Körpers erhält die Aufgabe eine viel einfachere Gestalt, da meistens die Durchschnittsfigur im Grund- oder Aufrisse schon vorhanden ist und nur mehr die zweite Ansicht zu bestimmen übrig bleibt. Dies soll an einigen Beispielen gezeigt werden.

§. 68.

Fig. 70 stellt die Durchdringung zweier regulären vierseitigen Prismen vor, deren Axen aufeinander senk-

78

recht stehen und sich schneiden. Das horizontale Prisma
durchdringt, da es einen kleineren Querschnitt als das verticale hat, das letztere ganz. Es entstehen daher zwei congruente und symmetrisch gelegene Durchdringungsfiguren, deren
horizontale Projectionen schon vorhanden sind. Denn da die
Seitenflächen des verticalen Prismas im Grundrisse als gerade
Linien erscheinen, so muss z. B. *d* der Grundriss des Durch-

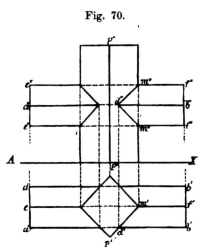

Fig. 70.

schnittspunktes der vordern horizontalen Prismenkante *a b* mit
der Seitenfläche *m p m p* des verticalen Prismas sein. Der Aufriss des Durchschnittspunktes
d″ wird nun leicht gefunden,
da er in der *a″ b″* und in der
aus *d′* über die Projectionsaxe
gezogenen Senkrechten *d′ d″*
gleichzeitig (also in *d″*) liegen
muss. Verfolgt man in gleicher
Weise die übrigen Kanten des
horizontalen Prismas, so können die Projectionen ihrer
Durchschnittspunkte ebenso leicht als die für den ersten angegeben werden. Durch die Verbindung der verticalen Projectionen aller Durchschnittspunkte in der entsprechenden Reihenfolge ergibt sich der Aufriss der Schnittfigur. Die nach der
Durchdringung sichtbaren Linien werden etwas stärker ausgezogen und die unsichtbaren ganz weggelassen oder nur
punktirt, wie dies aus der Figur genügend ersichtlich ist.

§. 69.

In Fig. 71 ist der Fall dargestellt, dass eine auf
der horizontalen Projectionsebene aufstehende reguläre sechsseitige Pyramide ein reguläres vierseitiges Prisma durchdringt, welches letztere auf der
verticalen Projectionsebene senkrecht steht und dessen Axe

die Pyramidenaxe schneidet. — Hier sind die Durchschnitts-

Fig. 71.

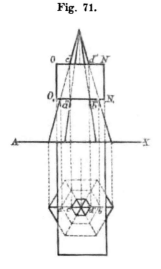

figuren zwei zur Pyramidenbasis parallele und ähnliche Sechsecke, deren verticale Projectionen $a''b''$ und $c''d'$ in der Figur selbst schon enthalten sind. Im Grundriss erscheinen die Schnittfiguren in ihrer wahren Grösse, von denen jedoch nur die der Spitze der Pyramide näher liegende sichtbar ist. Da übrigens diese Durchdringung auf die zwei ebenen Schnitte durch die Ebenen ON und O_1N_1 zurückzuführen ist, so bedarf die Darstellung sicherlich keiner weiteren Erklärung mehr.

§. 70.

Wenn sich solche Körper, die von krummen Oberflächen begrenzt sind, durchdringen, so schneidet man zur Ausmittlung der Durchdringungsfigur die sich durchdringenden Körper durch mehrere parallele Hilfsebenen, denen man eine möglichst einfache Lage gibt, wie dies ähnlich auch in §. 62 und 63 bei den ebenen Schnitten des Kegels angegen wurde. Die Schnittpunkte der krummen Linien, nach welchen eine Hilfsebene die Oberflächen der sich durchdringenden Körper schneidet, müssen Punkte der Durchdringungsfigur sein. Durch Annahme genügend vieler Hilfsebenen wird man so viele Punkte für die Durchdringungsfigur erhalten, als zur Darstellung nothwendig sind. In speciellen Fällen kann jedoch die Durchdringungsfigur wie bei den von Ebenen begrenzten Körpern in einer Projection schon vorhanden sein und es ist nur mehr die zweite dazu aufzusuchen.

Dringt z. B. eine Kugel in einen geraden kreisförmigen Kegel ein (Fig. 72), so wird man die Durchdrin-

gungsfigur beider Körper leicht bekommen, wenn man dieselben durch die parallel zur horizontalen Projectionsebene angenommenen Hilfsebenen NO,

Fig. 72.

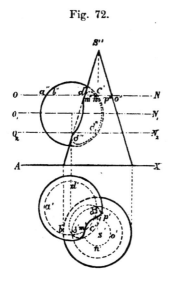

$N_1 O_1$, $N_2 O_2$ ..., schneidet.
Diese Ebenen schneiden beide
Körper nach Kreisen, welche sich
im Grundriss als solche, und im
Aufriss als gerade Linien darstellen. Die Ebene ON schneidet
die Kugel im Kreise $abcd$ und
den Kegel in dem $mnop$, welche
sich in den Punkten δ und δ_1
begegnen, die also Punkte der
Durchdringungslinie sind. Durch
die Hilfsebene $N_2 O_2$ werden zwei
weitere Punkte und auf analoge
Weise können beliebig viele Punkte
für die Durchdringungslinie, welche eine doppelt gekrümmte
Curve ist, aufgefunden werden. Dieselbe ist für diesen
Fall im Grund- und Auf-
risse nur zum Theile sichtbar.

Fig. 73.

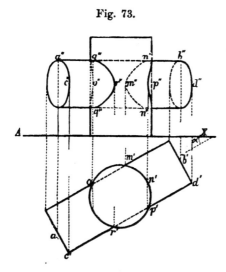

§. 71.

Fig. 73 stellt die **Durchdringung zweier gera-
den Kreiscylinder** dar,
von welchen die Axe des
horizontalen einen Winkel α
mit der verticalen Projectionsebene einschliesst. Es
entstehen zwei congruente und symmetrisch gelegene Durchdringungsfiguren, die von doppelt gekrümmten Linien begrenzt
werden und im Grundrisse durch die Kreisbogenstücke $m'n'p'$

und $o'q'r'$ schon enthalten sind. Um den Aufriss der Durchschnittsfiguren zu bestimmen, nimmt man eine entsprechende Anzahl Cylinderkanten im horizontalen Cylinder an und zeichnet die Projectionen ihrer Durchschnittspunkte im Grund- und Aufrisse ebenso, wie für die Kanten ab, cd ... Eine genaue Beurtheilung der Lage beider Cylinder ergibt das Sicht- und Unsichtbare in beiden Projectionen.

§. 72.

Es dürften nun die in Fig. 74 dargestellten Durchdringungen zweier geraden Kegel, deren Axen zu-

Fig. 74.

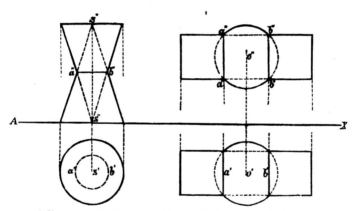

sammen fallen und die mit ihren Spitzen auf den wechselseitigen Grundflächen aufstehen; — so wie die eines zur Projectionsaxe parallelen Cylinders mit einer Kugel schon aus der Zeichnung verständlich sein.

Die über ebene Schnitte und Durchdringungen gelösten Beispiele können natürlich nur als allgemeine Anhaltspunkte für jeden neuen besondern Fall betrachtet werden, denn das unendlich ausgedehnte Gebiet dieser Aufgaben zu erschöpfen, wäre überhaupt unmöglich. Jeder neue Gegenstand hat auch eine veränderte Form, da er aus anders combinirten und anders gestalteten Theilen zusammengesetzt ist. — Wenn die Körper nur in speciellen Lagen angenommen wurden, so geschah dies einerseits darum, weil dem Zeichner die Wahl der Lage der

Projectionsebenen meistens frei steht, anderseits die Darstellung von Durchdringungen der Körper in ganz allgemeinen Stellungen mehr ein theoretisches Interesse haben. Es wurde jedoch trotzdem der Weg angedeutet, wie auch für solche Fälle derartige Aufgaben zu lösen sind.

Bei der Lösung der einzelnen Aufgaben selbst wird jeder Zeichner unwillkürlich die Nothwendigkeit fühlen, die zu lösenden Aufgaben zuerst zu skizziren; d. h. er wird die Linien, Flächen (Figuren) oder Körper, welche er darzustellen hat und an denen Veränderungen vorgenommen werden sollen, aus freier Hand zeichnen, um alsdann die genaue Lösung darnach leichter ausführen und die erforderlichen Ansichten und Schnitte zweckmässig und übersichtlich vertheilen zu können.

Dem fleissigen Anfänger sind noch folgende Aufgaben zur Bearbeitung anzuempfehlen:

1. Durch einen Punkt *a* im Raume ist eine Gerade zu ziehen, welche mit der verticalen und horizontalen Projectionsebene die Winkel *v* und *h* einschliesst. — Siehe §. 47.

2. Ein Punkt und eine Gerade im Raume sind gegeben; es soll durch den Punkt eine Parallele zu der gegebenen Geraden gezogen werden. — Siehe §. 31.

3. Es sind die Grundschnitte (Tracen) einer Ebene bei verschiedenen Lagen der letztern gegen die Projectionsebenen anzugeben. — Siehe §. 37.

4. Drei Punkte *a, b* und *c* im Raume, die nicht in einer Geraden liegen, sind gegeben, man zeichne die Tracen der Ebene, welche durch diese drei Punkte bestimmt ist. — Siehe §. 37 und §. 38.

5. Ein Dreieck *abc* ist durch beide Projectionen gegeben; es sollen die Projectionen desjenigen Punktes gefunden werden, welcher in der Ebene des Dreiecks von allen drei Eckpunkten gleich weit absteht. — Siehe Drehung der Figuren §. 34 bis §. 43.

6. Es ist der Neigungswinkel der Windrichtung mit der Segelfläche (diese als Ebene betrachtet) bei verschieden grosser Krängung (15° und 30°) des Schiffes anzugeben.

Bei der Auflösung dieser Aufgabe nehme man die Windrichtung senkrecht auf der verticalen Projectionsebene an; — denke sich ferners die ganze Segelfläche eines Mastes auf ein Rechteck reducirt und im Grund- und Aufrisse dargestellt, so wird dasselbe im Grundrisse als gerade Linie erscheinen, sobald das Schiff auf geradem Kiele liegt. Der Aufriss wird zur geraden Linie, sobald das Schiff eine Krängung von 90 Graden hat. In diesem Falle wird der Neigungswinkel des Windes mit der Segelfläche 0° sein, da derselbe längs der Segelfläche hinwegstreift. Im ersten Falle, also wenn das Schiff auf geradem Kiele liegt, wird der Wind mit der Segelfläche aber den grösstmöglichen Winkel einschliessen. Bei Kränkungen, welche zwischen 0 und 90 Gráden liegen, wird die Grösse dieses Neigungswinkels zu- und abnehmen, woraus hervorgeht, dass sich unter übrigens gleichen Umständen (gleicher Cours und gleiche Windrichtung) mit Zunahme der Krängung des Schiffes: 1. die Wirkung des Windes und 2. die Fähigkeit anzuluven vermindern.

Es beruht die Meinung, dass ein gekrängtes Schiff besser lauft und besser luvt, wahrscheinlich auf einer Sinnestäuschung; obwohl sich bei der Form und dem Materiale der Segel, bei der Stellung der Masten und der Richtung des Windes Gründe anführen lassen, die eine ganz geringe Krängung als vortheilhaft erscheinen machen. - Siehe das weitere der Lösung bei der Drehung der Figuren.

7. Man bestimme die Neigungswinkel einer im Raume liegenden Dreiecksfigur mit allen drei Projectionsebenen. — Siehe §. 38 und §. 39 etc.

8. Es ist die Durchschnittslinie zweier Ebenen auszumitteln.

   a) Wenn die Ebenen durch ihre Tracen und

   b) wenn dieselben durch ebene Figuren gegeben sind.

   Bei der Lösung berücksichtige man die in §. 58 enthaltenen Bemerkungen.

9. Es sind die Tracen einer Ebene anzugeben, welche auf einer gegebenen Geraden senkrecht steht.

10. Zu drei parallelen Geraden, die nicht in einer Ebene liegen, ist eine vierte Parallele so zu ziehen, dass sie gleich weit von jeder der drei gegebenen Parallelen absteht.

   Man führe zu diesem Behufe eine Ebene senkrecht auf die drei gegebenen Parallelen und bestimme ihre Durchschnittspunkte mit der Ebene. Der Mittelpunkt des Kreises, welcher durch die drei Durchschnittspunkte gelegt werden kann, ist ein Punkt der gesuchten Geraden, die nun gezogen werden kann, da ihre Richtung gegeben ist.

11. Ein Rotationskörper ist im Grund- und Aufrisse gegeben. Von einem Punkte ist eine Projection bekannt, es soll die zweite so bestimmt werden, dass der Punkt auf der Oberfläche des Rotationskörpers liegt. — Man ziehe durch den Punkt einen Pa-

6*

rallelkreis oder einen Meridian, von welchem sich beide Projectionen leicht angeben lassen, — die gesuchte Projection des Punktes kann dann sofort angegeben werden.

12. Man zeichne die Netze der in den Figuren 59, 60, 61, 62, 63, 64 und 66 dargestellten Körper nach den vollführten Schnitten.

13. Die in Fig. 44 und 45 dargestellten Körper sollen um eine in der Projectionsebene liegende Linie um einen Winkel von 45 Graden gedreht, und die neuen Projectionen angegeben werden.

14. Man bestimme den Ein- und Austrittspunkt einer Geraden mit einer Pyramide, einem Kegel, einem Prisma, einem Cylinder und mit einem Rotationskörper.

Man lege sich hiezu durch die Gerade eine oder die andere projicirende Ebene und bestimme den Schnitt dieser Ebene mit der Oberfläche des betreffenden Körpers. Dort, wo die Projection der Geraden mit der Projection der Schnittlinie zusammentrifft, ist die Projection der Ein- und Austrittspunkte der Geraden mit dem Körper.

15. Der Anfänger wähle selbst einige Körper, welche sich durchdringen und bestimme alsdann die Durchdringungen.

2. Schattenbestimmung.

(Anwendung der schiefen geometrischen Projectionsmethode.)

§. 73.

Es gibt Körper, welchen das Licht eigenthümlich ist, d. h. sie bringen selbst Helligkeit hervor, sind selbstleuchtend; während andere diese Eigenschaft nicht besitzen, dunkel sind und uns erst dadurch wahrnehmbar werden, dass sie von den selbstleuchtenden Körpern Licht erhalten und beleuchtet werden. Alle selbstleuchtenden Körper, als: die Sonne, jede Flamme, eine glühende Kugel u. s. w., verbreiten erfahrungsgemäss das Licht geradlinig und nach allen Richtungen gleichmässig. — Jede gerade Linie, nach welcher sich das Licht fortpflanzt, wird ein Lichtstrahl genannt. Mit dem Worte Sehestrahlen bezeichnet man aber diejenigen idealen Geraden, welche wir uns vom Auge zu irgend einem Punkte eines Gegenstandes gezogen denken. Das Vermögen, erhellte Gegenstände überhaupt wahrzunehmen, nennen wir das Sehvermögen.

Das Licht macht also die Gegenstände erst sichtbar. Wenn wir aber einen Gegenstand sehen, so fällt uns an demselben zunächst seine Gestalt, dann die Farbe, die Beleuchtung seiner Flächen und der Schatten auf, welchen derselbe auf die ihn umgebenden Gegenstände wirft.

Durch eine Linearzeichnung, wie sie bisher immer angenommen wurde, ist nun allerdings die Gestalt des Gegenstandes wiedergegeben, allein die Farbe, die Beleuchtung seiner Flächen und der Schatten fehlen noch. Zudem geben Grund- und Aufriss die Form des Gegenstandes so an, wie sie das Auge in Wirklichkeit nie zu sehen Gelegenheit hat, da dasselbe bei jeder orthogonalen Darstellung in unendlicher Entfernung gedacht wird. Es wird daher ein geübter Beobachter dazu gehören, um schon aus der Linearzeichnung jeden dargestellten Gegenstand genau zu erkennen. Berücksichtigt man in der Zeichnung aber auch die dem Gegenstande eigenthümliche Farbe, so wie den Grad der Beleuchtung seiner einzelnen Flächen nebst dem Schatten, so wird der Körper aus der Zeichnung immer deutlicher ersichtlich werden und der Eindruck, welchen die Darstellung auf uns macht, wird sich demjenigen Eindrucke nähern, welchen man bei directer Betrachtung des Gegenstandes empfindet.

§. 74.
Die Farbe.

Was nun zunächst die Farbe der Gegenstände anbelangt so ist es wichtig zu bemerken, dass für geometrische Zeichnungen immer Sonnenbeleuchtung angenommen wird. Das auffallende weisse Sonnenlicht, eine Mischung farbiger Lichtbestandtheile, wird nun, indem es die Körper trifft, gewöhnlich zersetzt. Ein Theil seiner farbigen Bestandtheile wird von den Flächen des Körpers absorbirt, während der andere, nach dem Auge zurückgeworfen (reflectirt), die Körper eben farbig erscheinen macht. Wir empfinden in Folge dessen bei der Betrachtung der Körper gewisse Lichteindrücke, die wir mit den Worten grün, blau, roth, gelb u. s. w. bezeichnen. Eine Fläche, welche das auffallende Licht ganz absorbirt und keinen Bestandtheil reflectirt, nennen wir schwarz. Weiss dagegen heisst diejenige Fläche, welche gar keinen Bestandtheil des farbigen Sonnenlichts aufnimmt, sondern alles nach dem Auge zurückwirft.

Beim Malen einer Zeichnung wird nun das Papier mit solchen Stoffen (Farben genannt) überzogen, welche gerade so wie die Oberflächen der Körper die Eigenschaft besitzen,

von der Lichtquelle abstehende Gegenstände ungleich stark beleuchtet sein und selbst parallele Flächen eines und desselben Gegenstandes sollten uns ungleich hell erscheinen. Da wir aber Sonnenbeleuchtung voraussetzen, so erscheinen im Vergleiche zur grossen Sonnenentfernung die Ausdehnungen der Körper und die Abstände ihrer Flächen verschwindend klein, wesshalb uns alle Flächen von gleicher Lage an den Körpern, die wir auf einmal zu betrachten im Stande sind, fast gleich intensiv beleuchtet erscheinen.

Was die Lage der Ebene gegen die auffallenden Lichtstrahlen betrifft, so hätte man vorerst bei der Sonnenbeleuchtung zu berücksichtigen, dass sie in den verschiedenen Jahres- und Tageszeiten eine verschiedene ist. Dies jedesmal zu erwägen wäre nicht nur an und für sich umständlich, sondern es ginge auch die für geometrische Darstellungen nöthige Gleichmässigkeit verschiedener Zeichnungen verloren. Für geometrische Zeichnungen wird daher eine fixe Sonne (Sonnenpunkt) in unendlicher Entfernung angenommen und als Norm festgestellt, dass die von derselben kommenden parallelen Lichtstrahlen mit allen drei Projectionsebenen gleiche Winkel einschliessen. Die Projectionen der Lichtstrahlen werden daher unter dem Winkel von 45 Graden gegen die Projectionsaxe geneigt sein.

Bei diesen Annahmen wird eine Fläche am stärksten beleuchtet sein, wenn die parallelen Lichtstrahlen dieselbe senkrecht treffen, da in diesem Falle das Maximum von Lichtstrahlen auf die Fläche auffallen wird. Eine derartige Beleuchtung nennt man die volle Beleuchtung.

§. 76.

Stellt *ab* (Fig. 75) eine ebene Fläche vor, so wird sie in der Lage *I*, wo sie von den Lichtstrahlen senkrecht getroffen wird, am stärksten (voll), in den Lagen *II* und *III* immer schwächer und in jener *IV* gar nicht mehr beleuchtet sein, da von der Lage *I* bis *IV* immer weniger Lichtstrahlen

auf die Fläche ab auffallen und dieselben in der Stellung IV
nur mehr an ihr vorbeigleiten. Die Beleuchtungsintensität ist,

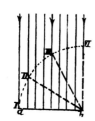

Fig. 75.

wie leicht zu ersehen, dem Sinus des Neigungswinkels der Lichtstrahlen gegen die
beleuchtete Fläche genau proportional, und
man wäre darnach mit Leichtigkeit im
Stande sogenannte Tonscalen anzufertigen,
welche durch die richtige Mischung von
Schwarz und Weiss, den Ton für jede geneigte Fläche angeben würden. Da man
dieses Hilfsmittel in der Praxis jedoch nie anwendet, so wird
auch eine eingehende Erklärung solcher Tonscalen als überflüssig weggelassen.

§. 77.

Wäre die Fläche ab (Fig. 76), auf welche das Licht in
der Richtung des angegebenen Pfeiles auftrifft, eine reine und
glatte Spiegelfläche, so würde der Lichtstrahl Sm, und so auch
jeder andere, nach dem bekannten Reflexionsgesetze, unter dem
Einfallswinkel wieder reflectirt.

Fig. 76.

Fig. 77.

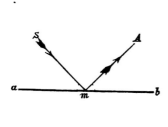
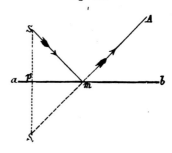

Um einen Reflexionswinkel, der mit dem Einfallswinkel in einer
auf der spiegelnden Fläche senkrechten Ebene liegt, zu finden, fälle
man aus dem leuchtenden Punkte S (Fig. 77) eine Senkrechte auf die
spiegelnde Fläche ab und mache das Stück Sp gleich pS_1, so gibt S_1
mit A verbunden den Punkt m, in welchem der Strahl Sm nach dem
Auge A reflectirt wird. Die Richtigkeit der Construction folgt aus der
Congruenz der zwei rechtwinkligen Dreiecke Spm und S_1pm.

Ist die Oberfläche aber nicht spiegelglatt, sondern rauh,
wie dies bei allen Körpern mehr oder weniger der Fall ist,
so werden die bei *m* auftreffenden Lichtstrahlen zerstreut und
nach allen Richtungen zurückgeworfen, da der Punkt *m* und
so jeder andere der Oberfläche gleichsam als ein schwach selbst-
leuchtender Punkt betrachtet werden kann. Dem Auge *A* wird
nun die Fläche mehr oder weniger hell erscheinen, je nachdem
viele oder nur wenige Lichtstrahlen, die von der Fläche zurückgeworfen werden, in das Auge eindringen, was zunächst von
der Stellung des Auges gegen die Fläche abhängen wird. Das
Auge wird die Fläche am deutlichsten sehen, wenn es sich
senkrecht über derselben befindet (Fig. 78).

§. 78.

Ebenso wie die Stellung muss die Entfernung des Auges
von der beleuchteten Fläche auf das lichter oder dunkler Erscheinen derselben einen Einfluss haben, denn da die zurückgeworfenen Strahlen zerstreut werden, so wird das Auge jedenfalls bei *m* (Fig. 78) mehr als bei *n* und bei *n* wieder mehr

Fig. 78.

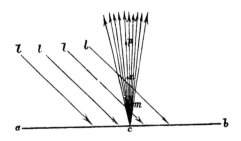

als bei *p* gleichzeitig aufnehmen. Ausserdem darf nicht uner-
wähnt gelassen werden, dass die Intensität des Lichtes der
zurückgeworfenen und reflectirten Strahlen ebenfalls mit der
Entfernung im quadratischen Verhältnisse abnimmt. Dem Auge
wird die Fläche somit, von *m* aus betrachtet, heller als bei *n*
oder erst bei *p* erscheinen. Verschieden weit vom Auge ab-

stehende Flächen werden daher verschieden hell erscheinen; — die dem Auge näher liegenden werden lichter, die entfernteren dunkler sein. Obwohl in Wirklichkeit diese Unterschiede bei dem meistens nur geringen Abstande der Flächen eines Körpers sehr unbedeutend sind, so werden sie in der Zeichnung doch angegeben, besonders um die Lage der Flächen untereinander und gegen die Projectionsebene besser zu unterscheiden. Befindet sich also der Gegenstand zwischen der Projectionsebene und dem Auge, wie auch schon bisher immer angenommen wurde, so werden die den Projectionsebenen zunächst liegenden, parallelen Flächen dunkler als die entfernten gehalten. Es resultirt daraus weiter, dass schief gegen die Projectionsebenen gestellte Flächen an dem der Projectionsebene nähern Ende etwas dunkler sind, als am vordern Ende, wesshalb eine solche Fläche mit einem sich vom Dunkeln in's Lichte verlierenden Farbenton anzulegen ist.

§. 79.

Krumme Oberflächen. — Unter gleichen Umständen wird von mehreren an einander stossenden ebenen Flächen diejenige am stärksten beleuchtet sein, welche von den Lichtstrahlen unter dem grössten Winkel getroffen wird. Da man sich aber jede krumme Oberfläche aus lauter ebenen Flächenelementen bestehend denken kann, so werden dieselben, da sie mit den Lichtstrahlen verschieden grosse Winkel einschliessen, uns ungleich hell erscheinen, und es wird von den lichtesten zu den dunkelsten Elementen eine stetige Abnahme der Beleuchtungsintensität zu bemerken sein. Denkt man sich an der krummen Oberfläche die ebenen Elemente klein genug, so kann man sie als Punkte betrachten. Werden von diesen diejenigen mitsammen verbunden, auf welche die Lichtstrahlen unter einem gleichen Neigungswinkel auftreffen, so erhält man hiedurch auf der krummen Oberfläche continuirlich gekrümmte Linien, welche Linien gleichförmiger Beleuchtungsintensität heissen (Fig. 79). Zieht man diese Linien nahe aneinander, {so wird der Zwischenraum zwischen zwei derartigen Linien auch gleichförmig stark beleuchtet sein. Diese Streifen, welche strenge genommen unendlich schmal anzunehmen sind, müssen, von der lichtesten Stelle ausgehend, continuirlich an Stärke des Farbentons zunehmen und zuletzt dort am dunkelsten erscheinen, wo die Lichtstrahlen an ihnen nur mehr vorbeistreifen. Bei der graphischen Darstellung der Körper mit krummen Oberflächen wird, falls selbe mit Farbe behandelt werden, von dieser Betrachtung vortheilhafte Anwendung gemacht und nur in so ferne vom Gesagten abgewichen, als man den Streifen gleichförmiger Beleuchtungsintensität eine gewisse, aber untereinander gleiche Breite gibt. Die Gegenstände mit krummen Oberflächen bekommen dadurch zwar in der Nähe ein etwas gebändertes Aussehen, allein schon von geringer Entfernung betrachtet sehen dieselben vollkommen rund und gut plastisch aus. Man wendet für technische Zeichnungen diese Methode fast ausschliesslich an, da das früher übliche Verwaschen schwierig und zeitraubend ist, ohne einen viel bessern Effect zu geben.

Fig. 79.

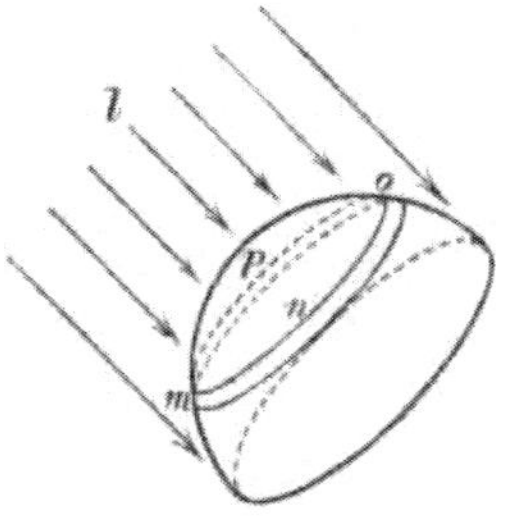

§. 80.

Schatten.

Werden die Lichtstrahlen, die von einem selbstleuchtenden Körper ausgehen, in ihrem Fortgange durch einen undurchsichtigen Gegenstand gehindert, so entsteht hinter diesem ein dunkler Raum, Schattenraum genannt. Befinden sich andere Objecte im Schattenraume, so sagt man von denselben, dass sie im Schatten (des erstern Gegenstandes) liegen. Alle Theile und Flächen eines Körpers, auf welche Lichtstrahlen auffallen, heissen beleuchtet, während jene, die kein Licht erhalten, die also von der Lichtquelle abgewendet sind, Schattenflächen genannt werden und zusammen den eigenen oder Selbstschatten des Körpers ausmachen. Die Linien, welche an einem Körper die beleuchteten von den Schattenflächen trennen, werden Trennungslinien zwischen Licht und Schatten genannt. Bei eckigen, d. i. von ebenen Figuren begrenzten Körpern sind diese Linien bereits vorhanden und können gewöhnlich schon durch die richtige Beurtheilung der Lage aller Flächen angegeben werden, während bei runden, also von krummen Flächen begrenzten Körpern dieselben noch nicht existiren, sondern erst durch Construction gefunden werden müssen.

§. 81.

Der Schattenraum sollte nun nach der oben gegebenen Erklärung ein absolut dunkler Raum sein, da keine directen Lichtstrahlen in denselben eindringen, — und ebenso sollten auch alle Flächen, welche in diesem Raume liegen, ganz dunkel und lichtlos erscheinen. Dies ist aber nicht der Fall, denn auf dieselbe Weise, wie von den verschiedenen Gegenständen nach unserem Auge Lichtstrahlen reflectirt werden, ebenso werden auch von jenen Objecten, welche den Schattenraum umgeben, reflectirte Strahlen nach demselben geworfen, die den dunkeln Schattenraum selbst, so wie alle darin liegenden Flächen mehr oder weniger beleuchten. Die Flächen im Selbstschatten werden also nie ganz dunkel sein. Da sie aber nur dasjenige Licht erhalten, welches von anderen beleuchteten Flächen reflectirt wird, so kann es häufig geschehen, dass diese Flächen in veränderter Farbe erscheinen. Das Reflexlicht wird von der Beschaffenheit der den Schattenraum umgebenden Gegenstände, von dem Zustande ihrer Oberfläche, vom Grade der Beleuchtung und der Stellung ihrer Flächen, so wie auch von localen Einflüssen abhängig sein. Die reflectirte Beleuchtung ist somit in Wirklichkeit immer sehr complicirter Natur und kann in dieser umständlichen Weise bei technischen Zeichnungen keine Anwendung finden. Man nimmt bei diesen vielmehr an, dass die reflectirten Strahlen den direct kommenden genau entgegengesetzt und von viel geringerer Lichtintensität als die ersteren sind. Es wird daher bei der Beurtheilung der Beleuchtung aller Flächen eines Körpers am besten sein, wenn man sich zwei Lichtquellen vorstellt, welche vom dargestellten Körper in entgegengesetzter Richtung unendlich weit abstehen und von welchen eine viel weniger intensive Strahlen nach dem Körper sendet. Unter parallelen Flächen im Selbstschatten werden daher, im Gegensatze zu jenen bei directer Beleuchtung, die der Projectionsebene näher liegenden lichter und die von ihr entfernteren, also weiter vorn liegenden, dunkler erscheinen.

§. 82.

Hindert die undurchsichtige Kugel O (Fig. 80) den Fortgang der directen Lichtstrahlen, deren Richtung durch den Pfeil I gegeben ist und stellt die Linie $abcd$ die Trennungslinie zwischen Licht und Schatten vor, so ist $bcad$, XY der

Fig. 80.

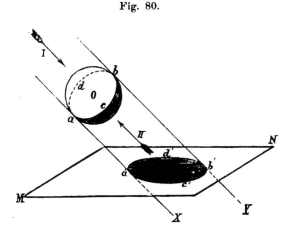

Schattenraum, in welchem der Pfeil II die Richtung der reflectirten Lichtstrahlen angibt. Wird der Schattenraum durch eine lichte Ebene MN durchschnitten, so entsteht darauf ein dunkler Fleck $a'b'c'd'$, welchen man den Schlagschatten des Körpers nennt. Der Schlagschatten ist, wie leicht zu sehen, die Durchschnittsfigur des cylindrischen Schattenraums mit der Ebene *MN*, welche der schiefen geometrischen Projection des Körpers gleichkommt, wenn die Lichtstrahlen die projicirenden Geráden bedeuten.

§. 83.

Da die Form des Schattenraums durch die Trennungslinie zwischen Licht und Schatten bestimmt ist, so muss auch die Gestalt des Schlagschattens von der Trennungslinie zwischen Licht und Schatten abhängen. Bei der von uns fix angenommenen Sonne, welche nur parallele Strahlen auf die Körper wirft, wird es einerlei sein, in welcher Entfernung vom Körper man die Ebene *MN* durch den Schattenraum legt. Der Schlagschatten wird bezüglich seiner Form und Stärke immer ein und derselbe bleiben, wenn nur die Ebene parallel zu ihrer früheren Lage angenommen wird. In der Natur aber finden wir hievon eine Abweichung, denn wir beobachten, dass mit zunehmender Entfernung der Fläche, welche den Schatten vom schattirenden Gegenstande auffängt, der Schlagschatten weniger dunkel wird und unbestimmter begrenzt erscheint. Diese Thatsache hat ihren Grund darin, dass bei der natürlichen Sonnenbeleuchtung nicht von einem einzigen Punkte allein, wie bei der von uns angenommenen idealen Sonne, sondern von jedem Punkte des Sonnenkörpers Lichtstrahlen ausgehen. Es müssen daher hinter jenem Körper, welcher das Licht aufhält, Stellen entstehen, in welche gar kein Licht dringt, und solche, wohin das Licht nur von einigen Punkten kommt. Derjenige Raum, wohin gar kein Licht dringt, heisst Kernschatten, und der zweite, in welchen nur einzelne Strahlen einfallen, der Halbschatten, dessen äusserste Umrisse stets undeutlich und verschwommen aussehen.

§. 84.

Ist der leuchtende Körper grösser als der beleuchtete, so endet der Kernschatten in einer Spitze *d* (Fig. 81). Diese

Beobachtung können wir an allen Gegenständen machen, die von der Sonne beleuchtet werden und auf die umliegenden Flächen und Körper einen Schatten absetzen. In dem Raume mdn kann gar kein Licht eindringen, er stellt daher den Kernschatten vor und ein Beobachter in demselben würde vom leuchtenden Körper gar nichts sehen. Der Raum $pmdnq$, in welchen nur einzelne Lichtstrahlen eindringen, stellt den

Fig. 81.

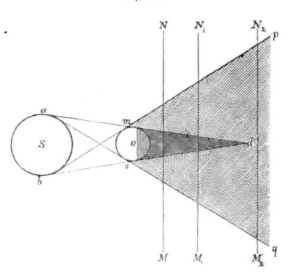

Halbschatten des Körpers o vor. Ein Beobachter im Halbschatten kann vom leuchtenden Körper nur einzelne Theile sehen. Je mehr man die Ebene MN vom schattenwerfenden Körper entfernt, desto mehr wird der Halbschatten den Kernschatten überwiegen und desto undeutlicher und schwächer wird der Schlagschatten erscheinen. Auf die Ebene $M_2 N_2$ wird gar kein Kernschatten des Körpers o mehr abgesetzt.

§. 85.

Bei der Annahme paralleler Lichtstrahlen, die nur von einem einzigen leuchtenden Punkte ausgehen, entsteht zwar, wie wir bereits (§. 82, Fig. 80) gesehen haben, nur ein einziger

Schattenraum, es wird jedoch von den beobachteten Erscheinungen der wirklichen Sonnenbeleuchtung wieder so viel in der Zeichnung aufgenommen, als für die Deutlichkeit der Darstellung dienlich ist. Es werden nämlich diejenigen Schlagschatten, welche auf stark beleuchtete Flächen fallen, die also dem Auge des Beobachters nahe und der Projectionsebene fern liegen, dunkler gehalten als jene, welche auf weniger beleuchtete, also vom Auge entfernter gelegene Flächen auftreffen. Unter mehrern parallelen Ebenen muss daher der Schlagschatten auf derjenigen am dunkelsten erscheinen, welche am weitesten von der Projectionsebene absteht und am schwächsten auf jener, die der Projectionsebene am nächsten liegt. Bei schief gegen die Projectionsebene liegenden Figuren wird demnach der Schatten an Stärke in der Richtung gegen die Projectionsebene zu abnehmen. Bei krummen Oberflächen endlich wird der auffallende Schlagschatten an der lichtesten Stelle am dunkelsten erscheinen, dann an Stärke successive abnehmen, so wie die Fläche an Dunkelheit zunimmt und an der Trennungslinie zwischen Licht und Schatten in den Selbstschatten des Körpers übergehen. Flächen, welche im Selbstschatten liegen, nehmen keinen Schlagschatten mehr auf, da allenfallsige Schatten, die von reflectirtem Lichte herrühren, an geometrischen Zeichnungen nicht berücksichtigt werden. — Wenn von zwei oder mehrern Gegenständen auf eine und dieselbe Stelle einer Fläche Schlagschatten fallen, so verliert sich gleichsam ein Schatten in dem andern, ohne aber die Stelle dunkler zu machen, als sie durch einen Schatten allein erscheint.

Bestimmung der Schlagschatten.

§. 86.

Es wurde in §. 82 angegeben, dass der Schlagschatten eines Körpers die Durchschnittsfigur seines Schattenraumes mit einer beleuchteten Ebene ist. Es ist jedoch erklärlich, dass statt einer Ebene auch ein Körper den Schattenraum durchschneiden und den Schatten des ersten Objectes auffangen kann. Wie aber ein Körper auf eine Ebene oder auf einen

andern Körper einen Schatten absetzt, so können auch die
höher und vorne auf die tiefer und rückwärts liegenden Theile
eines und desselben Gegenstandes schattiren. Und gerade auf
die Schlagschatten der Körpertheile unter einander muss am
meisten Rücksicht genommen werden, da durch dieselben ihre
Lage deutlich wird und sich die einzelnen Bestandtheile gut von
einander abheben. Es wird daher bei der Bestimmung des
Schlagschattens auf geometrischen Zeichnungen zu untersuchen
sein, ob derselbe auf die Projectionsebenen fällt oder ob er
von einem andern Gegenstande aufgefangen wird. Dem fügen
wir gleich bei, das bei zusammengesetzteren technischen Objecten nur der Schlagschatten der Bestandtheile untereinander,
dagegen jener auf die Projectionsebenen gewöhnlich gar nicht
angegeben wird.

§. 87.

Bestimmung des Schlagschattens auf den Projectionsebenen.

Im Allgemeinen werden alle Körper, welche von ebenen
Flächen begrenzt sind, einen prismatischen, und die von
krummen Oberflächen begrenzten einen cylindrischen Schattenraum haben; daher wird der Schlagschatten für die ersten
eine geradlinig und jener für die zweiten eine krummlinig begrenzte Figur sein, zu deren Angabe man in dem einen Falle nur
die Durchgänge der Kanten des Schattenprismas mit derjenigen
Fläche, welche den Schatten auffängt, auszumitteln hat, während man im andern Fälle, wo das Schattenprisma unendlich
viele Seiten hat, d. h. ein Schatten-Cylinder ist, eine genü-
gende Anzahl Durchgänge von Seiten des cylindrischen Schattenraumes mit der den Schatten auffangenden Fläche aufsucht
und diese entsprechend verbindet. In beiden Fällen kommt
es aber auf die Bestimmung des Schlagschattens einzelner
Punkte an.

§. 88.

Schlagschatten eines Punktes.

Hält ein undurchsichtiger Punkt a (Fig. 82) einen auf ihn
auftreffenden Lichtstrahl, dessen Richtung durch die Linie l

gegeben ist, an seinem weitern Fortgange auf, so entsteht
hinter dem Punkte in der Richtung des einfallenden Lichtes
eine dunkle Linie, welche auf der Ebene *MN* den Schlagschatten *s* des Punktes *a* erzeugt. Da der Schattenraum für

Fig. 82.

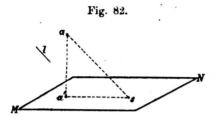

diesen Fall eine gerade Linie ist, so wird der Schlagschatten
des Punktes *a* leicht gefunden, da nur der Durchschnitt *s*
dieser Linie mit der Ebene *MN* zu bestimmen ist. Die Bestimmung des Schlagschattens eines Punktes wird daher allgemein darauf beruhen, dass man den Durchgang der durch
den Punkt parallel zur Richtung des einfallenden Lichtes gezogenen Geraden (welche den fehlenden oder aufgehaltenen
Lichtstrahl bedeuten kann) angibt.

Die Richtung des einfallenden Lichtes soll für die Folge
immer durch die Projectionen (*l''*, *l'*) eines Lichtstrahls (*l*) angegeben werden.

Um demnach den Schlagschatten des Punktes *a* (Fig. 83),
der durch seine Projectionen gegeben ist, zu bestimmen, ziehe

Fig. 83.

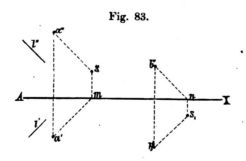

man durch *a'* den Grundriss *a'm* des durch *a* gelegten Lichtstrahls
parallel zu *l'* und errichte in *m* eine Senkrechte auf die Axe,

7 *

bis der Aufriss $a''S$ des durch a gelegten Lichtstrahls, der parallel zu l'' gezogen wurde, im Punkte S geschnitten wird. S ist alsdann der Schlagschatten des Punktes a. Aehnlich erhält man in Fig. 83 den Schlagschatten $S_{\prime}$ des Punktes b auf der horizontalen Projectionsebene. Bei der für geometrische Zeichnungen angenommenen Richtung der Lichtstrahlen wird jeder Punkt auf die horizontale Projectionsebene schattiren, der von der verticalen Projectionsebene weiter als von der horizontalen entfernt ist. Sind die Abstände eines Punktes von beiden Projectionsebenen gleich, so schattirt derselbe auf die Axe. Ist aber die Entfernung eines Punktes von der horizontalen Projectionsebene grösser als die von der verticalen, so fällt der Schlagschatten auf die verticale Projectionsebene.

<h2 style="text-align:center">§. 89.</h2>

Schlagschatten der Linien.

Gerade Linien. — Der Schlagschatten einer geraden Linie ist wieder eine gerade Linie, denn hinter einer beleuchteten Geraden entsteht eine dunkle Ebene als Schattenraum, welche von der Projectionsebene in einer geraden Linie geschnitten wird, die den Schlagschatten der Linie im Raume

Fig. 84.

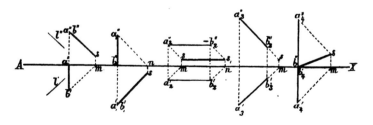

vorstellt. Um von einer begrenzten Geraden den Schlagschatten zu erhalten, bestimmt man die Schlagschatten ihrer Endpunkte, welche geradlinig verbunden den Schatten der begrenzten Linie geben. Auf diese Weise wurden die Schlagschatten der in Fig. 84 durch die Projectionen gegebenen Geraden gefunden.

Nicht immer wird der Schlagschatten einer geraden Linie ganz auf eine Projectionsebene fallen, denn wenn ein Endpunkt derselben auf die verticale und der andere auf die horizontale Projectionsebene schattirt, so muss, da wir die Projectionsebene als undurchsichtig betrachten, ein Theil des Schlagschattens auf die verticale und der zweite auf die horizontale Projectionsebene fallen. Der Schlagschatten wird als eine an der Projectionsaxe gebrochene Linie erscheinen. Man kann einen solchen Schatten häufig an Bildsäulen, welche einen Theil ihres Schattens auf den Boden und den andern auf die nebenstehende Wand eines Gebäudes werfen, oder an einem Stabe, den wir in der Nähe einer Wand am Boden aufstellen, beobachten. Am Boden wird der Schatten in der Richtung der Lichtstrahlen und auf der Wand vertical erscheinen.

§. 90.

Die Gerade ab (Fig. 85) schattirt auf beide Projectionsebenen und ihr Schlagschatten ist die gebrochene Linie $sm\sigma$. Wäre die verticale Projectionsebene OP gar nicht vorhanden, so würde der Punkt b nach σ_1 schattiren und die Linie $\sigma\sigma_1$

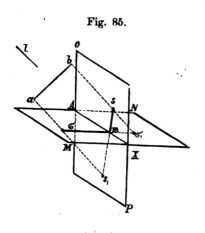

Fig. 85.

wäre der Schlagschatten der Geraden ab auf der horizontalen Ebene MN. Wird umgekehrt die horizontale Projectionsebene weggedacht, so schattirt der Punkt a nach s_1 und ss_1 wäre der Schlagschatten der Geraden ab auf der verticalen Ebene OP. Sind aber beide Projectionsebenen gleichzeitig vorhanden, so fällt auf jede derselben nur ein Theil des Schattens, da der Schattenraum hinter der ab von der verticalen und horizontalen Projectionsebene gleichzeitig geschnitten wird. Um denjenigen Punkt m in der Projectionsaxe aufzufinden, in welchem die Schatten-

stücke zusammentreffen, wird man die Durchgänge der Lichtstrahlen, die durch die zwei Endpunkte der Geraden gelegt wurden, mit beiden Projectionsebenen zu bestimmen haben. Da sich
aber $s s_1$ und $\sigma \sigma_1$ mit der Axe AX in dem einen Punkte m
kreuzen, so wird zur vollständigen Bestimmung des gebrochenen
Schlagschattens schon die Angabe des Punktes s_1 oder jene σ_1
(ausser s und σ) hinreichen.

§. 91.

Ist die Gerade ab durch ihren Grund- und Aufriss gegeben (Fig. 86 a), so bestimmt man zuerst die Schlagschatten
ihrer Endpunkte a und b in σ und s. Da diese nicht auf einer
Projectionsebene liegen, so erscheint der Schatten als eine an
der Axe gebrochene Linie. Um dieselbe anzugeben, bestimmt
man nach §. 30 den Durchgang des durch b gelegten Licht-

Fig. 86 a.   Fig. 86 b.

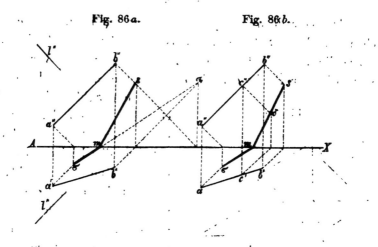

strahls mit der verlängerten horizontalen Projectionsebene in σ_1
(oder den durch a gelegten mit der verlängerten verticalen
Projectionsebene). Die Linie $\sigma \sigma_1$ schneidet die Axe im Punkte m,
und $\sigma m s$ ist der Schlagschatten der Geraden ab auf beide
Projectionsebenen.

Diese Aufgabe kann aber auch dadurch leicht gelöst
werden, dass man den Schatten δ (Fig. 86 b) eines dritten

Punktes c der Geraden ab bestimmt, wodurch für den Schatten
auf der verticalen Projectionsebene zwei Punkte s und δ gegeben sind, die verbunden seine Richtung sδ und bis zur Axe
(nach m) verlängert, auch seine Länge in der verticalen Projectionsebene bestimmen. Dadurch wurde der Punkt m gefunden, der mit σ verbunden, denjenigen Theil des Schlagschattens der Geraden ab gibt, welcher auf die horizontale
Projectionsebene fällt.

§. 92.

Eine verticale Gerade schattirt auf eine horizontale Ebene
in der Richtung des einfallenden Lich-
tes, — und auf eine verticale Ebene
vertical. Schattirt daher eine Gerade ab
(Fig. 87) auf beide Projectionsebenen,
so ergibt sich der Punkt m von selbst,
indem die Gerade von b' bis m auf
die horizontale Projectionsebene in der
Richtung des einfallenden Lichtes, und
von m bis s auf die verticale Projectionsebene schattirt.

Fig. 87.

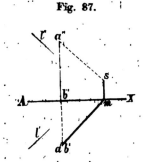

§. 93.

Krumme Linien. — Bei der Bestimmung des Schlagschattens einer krummen Linie betrachtet man diese aus gerad-
linigen Elementen bestehend, für welche man der Reihe nach
die Schlagschatten in der bereits angegebenen Art bestimmt.
Diese zusammen werden einen krummlinigen Schatten geben,
der bei ebenen Curven dann in eine gerade Linie übergeht,
wenn die Ebene, in welcher die Curve liegt, in die Richtung
der Lichtstrahlen fällt.

Kennt man schon im Vorhinein die Form der krummen
Linie, welche die Schattenfigur begrenzen wird, so trachtet
man den Schatten solcher Punkte zu bestimmen, nach welchen
die Curve möglichst scharf und leicht gezeichnet werden kann.

§. 94.

Schlagschatten ebener Figuren.

Der Schattenraum einer ebenen Figur ist entweder ein Schattenprisma oder ein Schattencylinder, je nachdem die Figur von geraden oder krummen Linien begrenzt wird. Die Form des Schlagschattens wird daher auch eine gerad- oder krummlinig begrenzte Figur sein, je nachdem eine gerad- oder krummlinig begrenzte Figur ihren Schatten auf die Projectionsebenen absetzt. Ist die Figur im Raume parallel mit der Projectionsebene, welche den Schatten auffängt, so ist der Schlagschatten mit der schattirenden Figur congruent. Für den Fall, als die ebene Figur in der Richtung der Lichtstrahlen liegt, geht ihr Schlagschatten in eine gerade Linie über. Man kann sich davon leicht überzeugen, wenn man ein Kartenblatt oder ein zugeschlagenes Buch so gegen die Sonne hält, dass der Schlagschatten auf die weisse Wandfläche des Zimmers fällt. Wir bemerken, dass der Schatten schmäler und breiter wird, je nachdem wir das Blatt gegen die Lichtstrahlen wenden. Hält man das Kartenblatt (oder Buch) in der Richtung der Lichtstrahlen, so ist sein Schatten eine dunkle Linie, welche jedoch immer breiter wird, je mehr man das Blatt gegen das einfallende Licht dreht, und endlich ebenso breit und lang erscheint als das Blatt selbst, wenn dasselbe parallel zur Wandfläche gehalten wird.

§. 95.

Der Schlagschatten des Dreiecks abc (Fig. 88 a) ist wieder ein Dreieck $s\, s_1\, s_2$, das erhalten wird durch die Bestimmung der Schlagschatten seiner Eckpunkte a, b und c, welche man durch gerade Linien verbindet.

Das zur verticalen Projectionsebene parallele Dreieck $\alpha\beta\gamma$ (Fig. 88 b) schattirt auf beide Projectionsebenen, daher erscheint der Schatten an der Axe gebrochen. Die Spitze γ des Dreiecks schattirt auf die verticale Projectionsebene nach σ, und die Endpunkte der Basis α und β werfen ihre Schatten auf die horizontale Projectionsebene nach δ und δ_1. Bei der Be-

stimmung der Punkte *m* und *n* an der Axe hat man zu berücksichtigen, dass die Spitze γ nach σ_1 auf die verlängerte horizontale Projectionsebene ihren Schatten absetzen würde, wenn

Fig. 88*a*.   Fig. 88*b*.

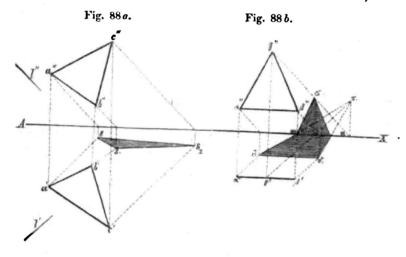

die verticale Projectionsebene nicht vorhanden wäre. Man wird
also die Schlagschatten der beiden Dreiecksseiten $\alpha\gamma$ und $\beta\gamma$
nach §. 91 bestimmen müssen.

§. 96.

Noch einfacher ist die Schlagschattenbestimmung eines

Fig. 89*a*.   Fig. 89*b*.

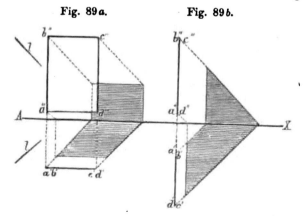

Rechtecks *abcd*, das in Fig. 89*a* parallel und in Fig. 89*b*
senkrecht zur verticalen Projectionsebene liegt, da die Grenzen

des Schattens nur in der Richtung des einfallenden Lichtes, — parallel oder senkrecht zur Projectionsaxe liegen können.

Vom Schlagschatten werden diejenigen Theile, welche auf eine Projection der Figur fallen, nicht angegeben. Deshalb wurde (Fig. 89 a) jener Theil des Schlagschattens, der mit dem Aufriss des Rechtecks *a b c d* zusammenfällt, nicht schraffirt.

§. 97.

Der Schlagschatten einer Kreisfläche wird im Allgemeinen eine elliptische Form haben. Fällt derselbe aber auf eine Ebene, welche mit der des Kreises parallel ist, so wird er ein Kreis sein, der mit dem schattirenden gleich gross ist. Ist der Schlagschatten der Kreisfläche *mnpq* (Fig. 90a), die parallel zur verticalen Projectionsebene liegt, zu bestimmen,

Fig. 90 a.   Fig. 90 b.

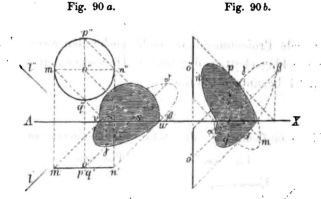

so ist es vortheilhaft, wenn man zuerst den Schlagschatten *s* des Mittelpunktes *o* der Kreisfläche bestimmt und aus demselben mit dem Halbmesser der gegebenen Figur einen Kreis beschreibt, der, in so weit er über die Axe fällt, die Grenze des Schlagschattens auf der verticalen Projectionsebene angibt. Jener Theil des Schattens, der auf die horizontale Projectionsebene auftrifft, wird von einem Ellipsenstücke begrenzt sein, das man durch die Bestimmung des Schlagschattens *α*, *β*, *γ* und *δ* der Punkte *m*, *n*, *p* und *q* des Kreises auf der horizontalen Projectionsebene genau auffindet, indem dadurch zwei conjungirte Durchmesser $\alpha\beta$ und $\gamma\delta$ der elliptischen Schattengrenze erhalten werden, welche die Ellipse vollkommen bestimmen.

Um aus zwei conjungirten Durchmessern ab und cd eine Ellipse zu construiren, wird über einen der conjungirten Durchmesser, z. B. ab (Fig. 91), ein Kreis beschrieben und in irgend einem Punkte m der ab auf dieselbe eine Senkrechte errichtet, bis sie im Punkte r den Kreis schneidet; wird dann die Linie mp parallel zum zweiten conjungirten Durchmesser cd gemacht und aus dem Punkte r gegen diese die Linie rq parallel zu nc gezogen, so ist q ein Punkt der Ellipse. Die Distanz mq, von m nach o aufgetragen, gibt einen zweiten Punkt derselben.

Fig. 91.

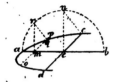

Auf gleiche Weise können so viele Punkte gefunden werden, als für die Construction der ganzen Ellipse nothwendig sind.

Für den Fall, als nur ein kleines Stück des Schlagschattens auf die horizontale Projectionsebene fällt, wird es schon hinreichen, nur den Schlagschatten des der horizontalen Projectionsebene am nächsten liegenden Punktes q zu bestimmen. Denn da die Ellipse $\alpha\beta\gamma\delta$ auch durch die Punkte v und w, in welchen die Grenzlinie des Schlagschattens auf der verticalen Projectionsebene die Axe AX schneidet, durchgehen muss, so wird durch die drei Punkte v, w und q das elliptische Bogenstück schon gezogen werden können.

Der Schlagschatten eines Kreises, dessen Ebene senkrecht auf der Projectionsaxe steht, ist in Fig. 90b angegeben.

Aufgabe: Man bestimme zur Uebung die Schlagschatten mehrerer Linien und ebener Figuren auf den Projectionsebenen.

§. 98.

Schlagschatten, Selbstschatten und Beleuchtung der Körper.

Der Schlagschatten eines Körpers ist vom Schlagschatten seiner Trennungslinie zwischen Licht und Schatten begrenzt. Man wird daher, sobald der Schlagschatten eines Körpers bestimmt werden soll, zuerst die Trennungslinie zwischen Licht und Schatten aufsuchen und alsdann ihren Schlagschatten bestimmen.

Bei der regulären sechsseitigen Pyramide (Fig. 92), welche auf der horizontalen Projectionsebene aufsteht, bilden die zwei Seitenkanten aS und dS die Trennungslinie zwischen Licht und Schatten, indem sie die beleuchteten von den Schattenflächen trennen. Der Schlagschatten dieser beiden Pyramidenkanten umschliesst die Schattenfigur der Pyramide.

Fig. 92.

Da diese auf der horizontalen Projectionsebene aufsteht, so ist nur der Schlagschatten der Spitze σ zu bestimmen, indem die Kanten aS und dS unmittelbar von a und d aus schattiren.

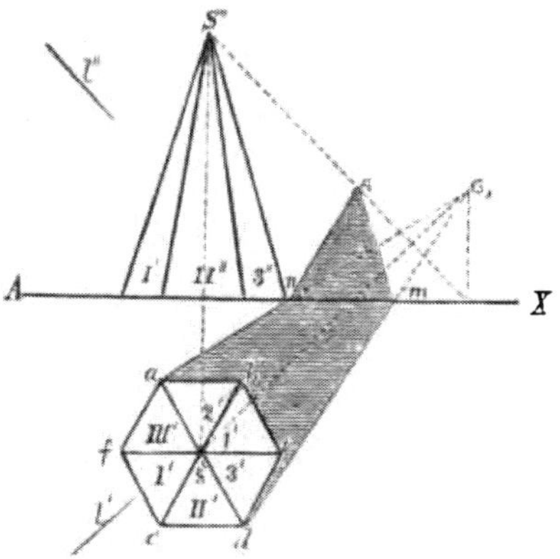

Von den beleuchteten Seitenflächen ist die mit I bezeichnete die hellste, da auf diese die Lichtstrahlen unter dem grössten Winkel auftreffen. Die Fläche II ist dunkler als I, aber lichter als III. Von den Schattenflächen, die nur von reflectirten Lichtstrahlen erleuchtet werden, ist die lichteste mit 1 bezeichnet. Diese muss jedoch dunkler als die dunkelste der direct erleuchteten Flächen gehalten werden. Die Fläche 2 ist dunkler als jene 1, aber lichter als die 3, welche letztere unter allen Flächen an der Pyramide am dunkelsten erscheint. Im Grund- und Aufrisse muss natürlich eine und dieselbe Fläche mit dem gleichen Farbenton angelegt werden. — Es muss noch als wichtig bemerkt werden, dass jede Seitenfläche ihrer geringen Neigung wegen durchaus gleichmässig angelegt wird und dass die Aufeinanderfolge der Flächen hinsichtlich ihrer Beleuchtungsintensität, schon durch die richtige Beurtheilung der Lage der Flächen und der Lichtstrahlen hinreichend genau angegeben werden kann.

§. 99.

Da der Kegel als eine Pyramide von unendlich
vielen Seitenflächen betrachtet werden kann, so muss sich die
Bestimmung des Schlagschattens und der Beleuchtung desselben aus jener bei der Pyramide herleiten lassen. Von den
unendlich vielen Seiten des Kegels (Fig. 93a) werden zwei
die Trennungslinie zwischen Licht und Schatten bilden. Um
dieselben zu erhalten, bestimme man zunächst den Schlagschatten σ_1 der Kegelspitze S auf der Verlängerung der horizontalen Projectionsebene und ziehe von diesem Punkte aus
zwei Tangenten an den Grundriss des Kegels, durch welche
man die Berührungspunkte a und b erhält, welche mit der
Spitze S verbunden, den beleuchteten vom Schattentheil des

Fig. 93a. Fig. 93b.

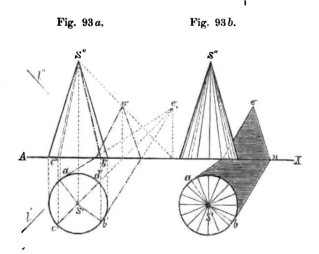

Kegels trennen. Da der Kegel auf die horizontale Projectionsebene aufgestellt wurde, so schliesst sich der Schlagschatten
an den Grundriss desselben unmittelbar an. Um die Beleuchtung am Kegel anzugeben, sei zuerst darauf aufmerksam gemacht, dass bei der Pyramide jede Seitenfläche für sich eine
gleichmässige Beleuchtung hatte. Beim Kegel, dessen Mantelfläche aus unendlich kleinen an einander gereihten ebenen
Dreiecksflächen betrachtet werden kann, wird also jeder solche

unendlich schmale Dreiecksstreifen nach seiner ganzen Ausdehnung gleichmässig stark beleuchtet sein und auf der Mantelfläche des Kegels einen Streifen gleichförmiger Beleuchtungsintensität bilden. Nimmt man diese Streifen von der geringen
Breite einer einzelnen Linie, so wird jede Kegelseite, welche
man am Kegel zieht, einen solchen Streifen vorstellen. Jene
aS und bS, an welchen das Licht nur vorüber streift, werden
die dunkelsten, und der Streifen cS, auf welchen das Licht
unter dem grössten Winkel auftrifft, der lichteste sein. Zwischen diesen Stellen wird von der lichtesten bis zu den dunkelsten Seiten eine continuirliche Abnahme der Beleuchtung
zu beobachten sein. Im Selbstschatten ist die Seite Sd am
hellsten und die Streifen gleichförmiger Beleuchtungsintensität
werden von da aus in der Richtung gegen die Kegelseiten
aS und bS successive an Stärke des Farbentones zunehmen
müssen. Bei der praktischen Ausführung, d. i. beim Coloriren
oder Tuschen eines Kegels, denkt man sich demselben eine
Pyramide von einer endlichen Seitenanzahl ein- oder umschrieben, deren Seitenkanten durch ganz feine Bleilinien angedeutet werden, um die richtige Breite der Farbentöne gut
einhalten zu können (Fig. 93b). Beim Coloriren, oder wie
man sagt: beim Ausschattiren eines Kegels, ist bei den
dunkelsten Streifen zu beginnen. Jeder folgende Ton wird
über den schon vorhandenen darüber gelegt, sobald der erstere gut trocken ist. Man wird also vom dunkelsten Farbenton ausgehend, immer breiter werdende Streifen (Dreiecke) anzulegen haben. Das Verdünnen der Farbe gegen die lichte
Stelle geschieht immer nur nach dem Gefühle des Zeichners,
da eine mathematisch richtige Abstufung bei der praktischen
Ausführung unmöglich und das Arbeiten nach Tonscalen viel
zu zeitraubend ist. Die lichteste Stelle wird ganz weiss gelassen, auch wenn sie nicht die volle Beleuchtung hat, weil
dadurch die Krümmung der Oberfläche besser hervortritt. Die
Theile im Selbstschatten erhalten zuletzt einen ganz lichten
Ton mit Terra di Sienna, der an den lichtern Stellen um
weniges greller als an den dunkeln angegeben wird, um die

eigenthümlich unbestimmte Farbe des Reflexlichtes dadurch theilweise zu charakterisiren.

§. 100.

Bei dem regulären vierseitigen Prisma (Fig. 94) schattiren die zwei verticalen Prismenkanten aa und cc, dann von der obern Grundfläche des Prisma's die Linien ab und bc. Von den Grenzflächen des Prismas ist nur die obere Basis im

Fig. 94.

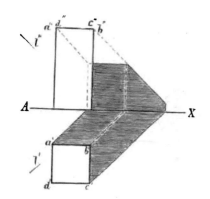

Grundriss und eine Seitenfläche im Aufriss sichtbar. Man hat daher nur zwei Farbentöne anzuwenden und es wird leicht zu entscheiden sein, welche von den beiden Flächen uns dunkler erscheint. Bei einem Prisma mit vielen Seitenflächen wird wieder diejenige, welche mit den Lichtstrahlen den grössten Winkel bildet, die lichteste sein. Von dieser ausgehend werden bis zu den Theilen im Selbstschatten die nach beiden Seiten sich anschliessenden Flächen immer weniger intensiv beleuchtet sein. Was die Beleuchtung der Schattentheile durch's Reflexlicht anlangt, so verweisen wir auf das im §. 81 im Allgemeinen und §. 98 bei der Pyramide über die Reflexbeleuchtung Gesagte.

§. 101.

Wird die Seitenanzahl des Prismas unendlich gross, so geht dasselbe in einen Cylinder über. Von dem in Fig. 95 im Grund- und Aufrisse dargestellten geraden Kreiscylinder wird die obere Grundfläche und die dem einfallende Lichte zugewendete Hälfte des Cylindermantels beleuchtet, während die von den Lichtstrahlen abgewendete Hälfte der Mantelfläche im Selbstschatten liegt. Die Trennungslinie zwischen Licht und Schatten besteht aus zwei Cylinderkanten, längs welchen die äussersten Lichtstrahlen am Cylinder vorüberstreifen, und aus dem Halbkreise der obern Basis, welcher zwischen den beiden genannten Cylinderkanten liegt. Zieht man an den Grundriss des Cylinders zwei zu l parallele Tangenten, so stellen ihre Berührungspunkte a' und b' die horizontalen Projectionen jener Cylinderkanten vor, an welchen die Lichtstrahlen die Mantelfläche des Cylinders berühren. Gibt man von

Fig. 94.

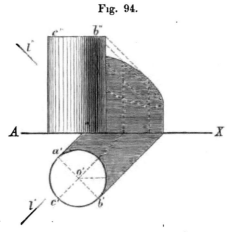

diesen Kanten auch den Aufriss an, so sind alle Elemente für die Bestimmung des Schlagschattens gegeben. Derselbe wird von geraden Linien und einer halben Ellipse begrenzt.

Beim Ausschattiren des Cylinders denkt man sich demselben ein Prisma von entsprechender Seitenanzahl ein oder umschrieben und verfährt dann weiters so, wie schon beim Ausschattiren des Kegels angegeben wurde. aa und bb geben die dunkelsten Stellen auf der Mantelfläche des Cylinders an. Die Kante cc ist die lichteste Stelle am Cylinder; — sie wird erhalten, indem man durch den Mittelpunkt o' des Grundrisses die $o'c'$ parallel zur Horizontalprojection l' des Lichtes zieht.

Auf technischen Zeichnungen werden Cylinder auch häufig schraffirt, d. h. es wird durch Cylinderkanten, deren Dicke sich ändert und deren Zwischenräume zu- und abnehmen, der grössere oder geringere Grad von Beleuchtung an der Oberfläche angezeigt. Fordert jedoch die gleichmässige Schraffirung einer ebenen Fläche schon viel Aufmerksamkeit, so wird dieselbe auf Cylinder nur von einem guten und geübten Zeichner mit Sicherheit und Erfolg angewendet werden können.

§. 102.

Eine Kugel wird von parallelen Lichtstrahlen nur zur Hälfte beleuchtet. Die Trennungslinie zwischen Licht und Schatten muss somit ein grösster Kreis sein, dessen Ebene durch den Mittelpunkt der Kugel geht und senkrecht steht auf der Richtung der Lichtstrahlen. Der Schlagschatten wird sonach von einer Ellipse begrenzt. Die in Fig. 96 dargestellte Kugel

Fig. 96.

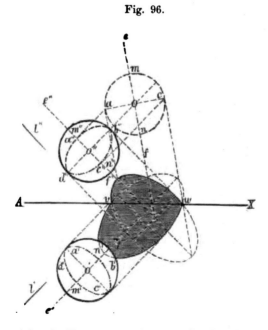

schattirt auf beide Projectionsebenen, da der Kreis *a b c d*, der die beleuchteten von den Schattentheilen trennt, zum Theile auf die verticale und zum Theile auf die horizontale Projectionsebene seinen Schatten absetzt. — Die Linien gleichförmiger

Beleuchtung an der Kugeloberfläche sind Kreise, die in der Projection als Ellipsen erscheinen und die dadurch erhalten werden, dass man die Kugel senkrecht auf die Richtung der Lichtstrahlen durch parallele Ebenen in gleichen Abständen schneidet und die Projectionen der Schnittlinien im Grund- und Aufrisse einzeichnet. Je zwei dieser Schnittlinien schliessen eine Kugelzone ein, welche die Streifen der gleichförmigen Beleuchtungsintensität vorstellen, nach denen die Kugel ausschattirt werden kann.

Zieht man durch den Mittelpunkt O der Kugel (Fig. 96) den Lichtstrahl ef, so gibt derjenige Punkt m, in welchen dieser Lichtstrahl in die Kugel eintritt, die Stelle der vollen directen Beleuchtung an. Der Austrittspunkt n der ef aus der Kugel gibt den Ort der stärksten Reflexbeleuchtung. Führt man durch die ef eine vertical projicirende Ebene, so schneidet diese die Kugeloberfläche nach einem grössten Kreise. Legt man diesen Kreis und die Gerade ef in die verticale Projectionsebene um und zieht ac durch O senkrecht auf ef, so geben die zurückgeschlagenen Punkte a'' und c'' offenbar die Endpunkte der kleinen Axe der Ellipse, welche den Aufriss des Kreises, der die Trennungslinie zwischen Licht und Schatten bildet, vorstellt. Durch $a'' c''$ und $b'' d''$ sind die beiden Axen für den als Ellipse erscheinenden Aufriss der Trennungslinie zwischen Licht und Schatten gegeben. Der Grundriss der Trennungslinie ist durch $a'c'$ und $b'd'$ bestimmt. Derselbe ist übrigens für diesen Fall mit dem Aufrisse congruent.

In Wirklichkeit kommen meistens nur Theile einer Kugel vor. Diese werden nicht nach construirten Intensitätslinien, sondern nur nach dem Gefühle des Zeichners ausschattirt.

Schlagschatten der Körper und Körpertheile unter einander.

§. 103.

Wenn man einen einzelnen Körper nur als Bestandtheil eines ganzen Gegenstandes betrachtet, so können die Schlagschatten auf den Projectionsebenen auch als Schatten der Theile eines Gegenstandes unter einander betrachtet werden, in so ferne man die Projectionsebenen als Grenzflächen des Gegenstandes ansieht. Im Allgemeinen aber ist der Schlagschatten eines Körpers auf einem andern die Durchdringungsfigur des Schattenraums des einen, mit den Grenzflächen des andern Körpers. Es wird also darauf ankommen, die Durchschnitte einzelner Kanten des prismatischen oder cylindrischen Schattenraumes mit der Oberfläche desjenigen Körpers zu bestimmen, welcher den Schatten aufnimmt, was der Angabe der Schlagschatten einzelner Punkte gleich kommt, die gehörig verbunden werden müssen.

§. 104.

In Fig. 97 ist ein Cylinder dargestellt, der auf einer vierseitigen Platte aufsteht und durch eine cylindrische Platte bedeckt ist. Nachdem die Lichtstrahlen von links oben und vorne kommen, so muss die obere Platte auf den Cylinder und dieser auf die untere vierseitige Platte schattiren. Um die Schlagschatten wirklich zu construiren, müssen die Trennungslinien zwischen Licht und Schatten aufgesucht werden. Diese werden jedoch auf den Gegenstand selbst nur zum Theil schattiren;

Fig. 97.

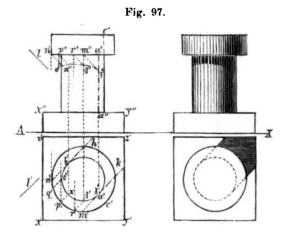

denn es lässt sich schon durch vorläufige Beurtheilung angeben, dass vom untern Umfange der cylindrischen Platte nur ein Theil auf den Cylinder, und ebenfalls nur ein Theil der Trennungslinien zwischen Licht und Schatten am Cylinder auf die vierseitige Platte schattiren wird. Zieht man parallel zu l' zwei Tangenten an den Grundriss des Cylinders, so stellen

8*

ihre Berührungspunkte a' und b' die horizontalen Projectionen der Trennungslinien zwischen Licht und Schatten am Cylinder vor und bestimmen, bis k und h verlängert, zunächst den Schlagschatten des Cylinders auf der vierseitigen Platte $vxyz$. Die Punkte n' und m', in welchen der Grundriss der cylindrischen Platte von den an den Grundriss des Cylinders gezogenen Tangenten geschnitten wird, sind die horizontalen Projectionen der Endpunkte des Bogenstückes vom untern Umfange der Platte, welches auf den Cylinder einen Schatten absetzt. Um nun den Schlagschatten des Bogenstückes mn auf dem Cylinder zu bestimmen, wird man ausser von den Endpunkten m und n, auch noch von mehreren Zwischenpunkten r, p, q u. s. w. die Schlagschatten bestimmen und dieselben hernach durch eine krumme Linie verbinden. Die Schlagschatten dieser Punkte sind die Durchschnittspunkte der durch dieselben gezogenen Lichtstrahlen mit dem Cylinder. Man zieht, um den Schlagschatten α des Punktes p zu bestimmen, $p'\alpha'$ parallel zu l' und $p''\alpha''$ parallel zu l'', so ist α' der Grundriss und α'' der Aufriss des Schlagschattens α. Ganz gleich ergeben sich die Schlagschatten (δ und β) der Punkte q und r u. s. f.

In Bezug auf die Beleuchtung ist zu bemerken, dass der Schlagschatten am Cylinder dunkler, als auf der vierseitigen Platte gemacht werden muss. Am Cylinder selbst ist der Schlagschatten wieder ungleich stark, und zwar erscheint er auf der lichtesten Stelle des Cylinders am dunkelsten, wird von dort ab schwächer, bis er bei γ in den Selbstschatten des Cylinders übergeht. In Bezug auf die Haltung der beleuchteten Flächen gilt das beim Ausschattiren des Cylinders Angeführte. Will man den Gegenstand mit Farbe oder mit Tusche behandeln, so beginnt man mit dem dunkelsten Schattenton und endet mit dem lichtesten Ton der direct beleuchteten Flächen.

§. 105.

Ein verticaler Kreiscylinder, der einen horizontalen Cylinder von ebenfalls kreisförmigem Querschnitt durchdringt, setzt auf letztern einen Schatten ab, während der horizontale

Cylinder auf den untern Theil des verticalen schattirt (Fig. 98).
Die Bestimmung der Schlagschatten geschieht am einfachsten
dadurch, dass man sich die beiden Cylinder mit den Trennungs-

Fig. 98.

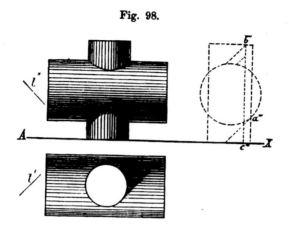

linien zwischen Licht und Schatten, so wie die Richtung des
Lichtes auch in der Seitenansicht zeichnet. — Die Haltung
der Beleuchtung wiederholt sich aus den schon abgehandelten
Beispielen.

§. 106.

Wird der zum Theil hohle Cylinder (Fig. 99) nach *mn*

Fig. 99.

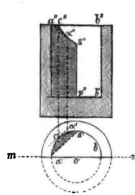

geschnitten und der vordere Theil weggenommen, so ist ausser den Schnittflächen noch die halbe innere Höhlung
des Cylinders sichtbar, auf welche die
verticale Kante *aa* und der Kreisbogen
ac schattiren. Der Schlagschatten der
Kante *aa* fällt nach *sp*, und das
Stück *ac* des Kreises schattirt in einem
Bogen *s a c*, der durch den Schatten *α*
eines zwischen *c* und *a* liegenden Punktes genügend genau erhalten wird. *bb*
bezeichnet die lichteste Stelle der Cy-
linderhöhlung.

§. 107.

Wenn hohle Cylinder im Innern andere Bestandtheile enthalten, so werden häufig nur die Wände des Cylinders geschnitten und die Bestandtheile im Innern ganz gelassen. Fig. 100
stellt die Hälfte eines hohlen Cylinders vor, in welchem sich
an einer Kolbenstange ein cylindrischer Kolben befindet. Der
Kolben und die Kolbenstange wurden ganz
gelassen und nur die Wände des Cylinders
allein geschnitten.

Fig. 100.

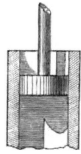

Es wird eine gute Uebung sein, den
Cylinder sammt dem Kolben in einem ver-
grösserten Massstabe darzustellen und den
Schlagschatten, der in Fig. 100 nur mar-
kirt ist, so wie die Beleuchtung des ganzen
Objectes zu bestimmen.

Ebenso vergrössere man zur Uebung
(Fig. 98) und (Fig. 99); — bestimme alsdann
die genauen Schlagschatten und die Beleuchtung der Gegenstände, und führe das Ganze
mit Farbe aus. — Die durchgenommenen
Beispiele über die Bestimmung der Schlagschatten, so wie über die Haltung der Beleuchtung, werden
für ähnliche Fälle hinreichende Anhaltspunkte bieten, um den
Schatten und die Beleuchtung einer Zeichnung zu verstehen
und dieselben für einfache Objecte auch construiren zu können.

Aufgabe: Man bestimme den Schlagschatten der in
Fig. 44, 45, 59, 60. 61, 62, 63 und 68 dargestellten Körper
auf den Projectionsebenen; — dann den Schlagschatten der in
Fig. 70, 71, 72, 73 und 74 dargestellten Körper unter einander.
Zur Uebung führe man einige dieser Darstellungen mit Far-
ben aus.

B.

Grundzüge der perspectivischen Projection.

§. 108.

Allgemeine Bemerkungen.

Was man unter einem perspectivischen Bilde versteht, wie ein solches im Allgemeinen erhalten werden kann und für welche Zwecke es mit Vortheil anzuwenden ist, wurde schon in der Einleitung mitgetheilt. Es wird sich demnach hier nur mehr darum handeln, noch genauer anzugeben, wie in besondern Fällen bei technischen Darstellungen ein perspectivisches Bild, das auch einfach nur die Perspective des Gegenstandes genannt wird, zu construiren ist. Da ein perspectivisches Bild für technische Zwecke niemals nach der Natur zu zeichnen ist, indem ein solches nur zur grössern Deutlichkeit schon entworfener Objecte angegeben wird, so wird die Construction eines solchen Bildes immer nach gewissen geometrischen Angaben auszuführen sein. — Wenn die Perspective nur durch Linien die Form eines Gegenstandes wieder gibt, so heisst sie Linearperspective; wird aber auch auf die Farbe, Beleuchtung und den Schatten Rücksicht genommen, so nennt man dieselbe die Luftperspective des Gegenstandes.

§. 109.

Es hat sich gewiss jeder schon überzeugt, dass ein Gegenstand, von verschiedenen Seiten betrachtet, verschiedene Eindrücke hervorbringt; und zwar wird bei einer bestimmten Lage des Auges der Gegenstand dem Beobachter am deutlichsten erscheinen. — In Wirklichkeit sucht sich das Auge den passendsten Punkt für die Beobachtung selbst auf, indem es eine solche Lage zu gewinnen trachtet, dass es vom Gegenstande möglichst viele Flächen aus der besten Entfernung mit einem Male übersieht. Für das Zeichnen einer Perspective nach der Natur hat man daher nur diese aufgefundene Lage des Auges auch bei der Darstellung des Bildes fest zu halten. Allein bei Perspectiven, die nach geometrischen Angaben gezeichnet werden, muss vom Zeichner die Lage des Auges entsprechend angenommen werden, und er wird hiebei auf die Entfernung und Stellung desselben gleichzeitig Rücksicht nehmen müssen.

Was zuerst die Entfernung des Auges vom Gegenstande anlangt, so hängt dieselbe von der Einrichtung unseres Auges ab. Dieses besitzt die Eigenschaft, bei einer bestimmten Haltung des Kopfes nur einen gewissen Raum überblicken und daher auf Einmal auch nur das sehen zu können, was sich in diesem Raume befindet. Dieser Raum wird von den äussersten Sehestrahlen umschlossen, die bei ruhiger Haltung des Kopfes noch in das Auge gelangen. Derselbe hat daher eine kegelförmige Gestalt und wird deshalb Sehe- oder Gesichtskegel genannt. — Je zwei der äussersten Sehestrahlen, die sich im Sehekegel gegenüberliegen, schliessen im Auge einen Winkel ein, der ungefähr 90 Grade beträgt und der von der Axe des Sehekegels halbirt wird. Einen Gegenstand wird man erst dann ganz sehen, wenn die Sehestrahlen zu seinen äussersten Grenzen im Auge einen Winkel einschliessen, der kleiner als ein rechter, oder der einem rechten höchstens gleich ist. Das Auge muss dazu mindestens eine Entfernung vom Gegenstande haben, welche so gross ist, wie die halbe grösste Ausdehnung des Gegenstandes, senkrecht auf die Richtung der Seheaxe gemessen. Diese Distanz könnte als Minimaldistanz des Auges vom Gegenstande gelten, wenn der Winkel je zweier äusserster Sehestrahlen wirklich

90 Grade betragen würde. Nachdem derselbe aber für verschiedene Augen verschieden ist, so kann auch die angegebene Minimaldistanz nicht als unveränderlich betrachtet werden. Diese für jeden Fall zu bestimmen, fällt jedoch schwer, da man den Winkel der äussersten Sehestrahlen im Auge nur annähernd anzugeben im Stande ist. Man verfährt daher am sichersten, wenn man sich bezüglich der Distanz an die Regeln der Erfahrung hält. Nach diesen ist es am besten, das Auge in eine solche Entfernung vom Gegenstande zu versetzen, dass diese ungefähr der anderthalbfachen grössten Ausdehnung des Gegenstandes, senkrecht auf die Richtung der Seheaxe gemessen, gleich kommt. Man wird jedoch immer noch ein gutes perspectivisches Bild erhalten, wenn die Entfernung des Auges nicht kleiner als die einfache und nicht grösser als die doppelte grösste Ausdehnung des Gegenstandes, senkrecht auf die Axe des Gesichtskegels gemessen, angenommen wird. Damit ist jedoch nicht gesagt, dass bei einer kleinen Abweichung von den angegebenen Grenzen für die Entfernung des Auges schon ein ungünstiges perspectivisches Bild erhalten wird. Jedoch zu nahe am Gegenstande darf das Auge nicht angenommen werden, weil man dann möglicher ·Weise nicht alle Theile übersehen könnte. Eine zu grosse Distanz des Auges darf ebenfalls nicht gewählt werden, da die Theile des Gegenstandes zu undeutlich erscheinen würden und das Bild sich auch leicht einer orthogonalen Darstellung nähern könnte, wodurch der Zweck der Perspective verloren ginge.

Hinsichtlich der Stellung des Auges gilt die bereits gemachte Bemerkung, nach welcher möglichst viele Flächen auf einmal übersehen werden sollen. Von den Objecten, die im Gesichtskegel liegen, sehen wir jedoch nicht alle gleich deutlich, indem wir, abgesehen von der Entfernung, die in der Mitte des Gesichtskegels liegenden Theile und Objecte schärfer, als die am Rande desselben befindlichen, beobachten und unterscheiden können. Man wird daher die Axe des Sehckegels so annehmen, dass sie nahezu durch die

Mitte des Gegenstandes geht (falls ein einzelner Gegenstand darzustellen ist), damit alle seine Theile möglichst gleichmässig um dieselbe vertheilt werden.

Die Axe des Sehekegels wird stets eine horizontale Lage haben, da wir die Bildebene immer vertical annehmen.

Mit Hilfe dieser Regeln wird man dem Auge eine solche Lage geben können, dass man stets ein gutes perspectivisches Bild erhält. Um aber für jeden speciellen Fall nur durch vorläufige Beurtheilung die Position des Auges am allergünstigsten zu wählen, wird eine grosse Uebung im Zeichnen von Perspectiven nothwendig sein.

§. 110.

Ein perspectivisches Bild wird auf das Auge nur dann den richtigen Eindruck des Gegenstandes machen, wenn man es von demjenigen Punkte aus ansieht, für welchen es construirt wurde. Nachdem wir aber die meisten Gegenstände verjüngt darstellen, so wird sich mit der Verkleinerung der Dimensionen des Gegenstandes auch in dem nämlichen Verhältnisse die Entfernung des Auges verkleinern. Und da wir eine Zeichnung nur aus der deutlichen Seheweite, d. i. aus einer Entfernung von ungefähr 8 bis 12 Zoll genau betrachten können, so muss offenbar das Verjüngungsverhältniss bei perspectivischen Darstellungen auch von der deutlichen Seheweite abhängen; — denn das Verjüngungsverhältniss ist im Allgemeinen vom Zwecke der Zeichnung abhängig, und bei jeder perspectivischen Darstellung ist die Deutlichkeit für das Auge, Zweck der Zeichnung.

Man hat zwei allgemeine Constructions-Methoden, nach welchen die Perspectiven technischer Objecte hergestellt werden, und zwar: die Durchschnittsmethode und die Methode der freien Perspective.

Durchschnittsmethode.
§. 111.

Die Perspective eines technischen Gegenstandes ist am öftesten aus seinem Grund- und Aufrisse zu bestimmen. Wird unter Berücksichtigung der vorangegangenen Bemerkungen die Lage des Auges gewählt und denkt man sich die Bildebene, die allgemein senkrecht auf der Axe des Sehekegels angenommen wird, mit der verticalen Projectionsebene zusammenfallend, so hat man für die Auffindung des perspectivischen Bildes nur die Durchschnittspunkte der nach allen wichtigen Punkten des Gegenstandes gezogenen Sehestrahlen mit der verticalen Projectionsebene zu bestimmen; — eine Aufgabe, deren einfache Lösung im §. 30 enthalten ist.

Nicht viel complicirt sich die Bestimmung der Perspective eines Gegenstandes auf diese Weise für den Fall, als die Bildebene mit der verticalen Projectionsebene nicht zusammen fällt, sondern mit derselben irgend einen Winkel einschliesst; da schliesslich wieder nur die Durchschnittspunkte mehrerer Sehestrahlen mit einer durch ihre Tracen gegebenen Ebene zu bestimmen sind.

Da die Durchschnitte der Sehestrahlen mit der Bildebene, welche die Perspective bestimmen, direct gefunden werden, so nennt man diese Methode der perspectivischen Darstellung die D u r c h s c h n i t t s m e t h o d e.

§. 112.

Sind (Fig. 101) das Auge A und der Punkt b durch die orthogonalen Projectionen gegeben und stellt die verticale Projectionsebene zugleich die Bildebene

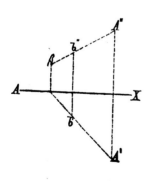

Fig. 101.

vor, so ist β, als der Durchschnittspunkt des durch b gezogenen Sehestrahls mit der Bildfläche, die Perspective dieses Punktes. — Das Verfahren wird dasselbe bleiben, wenn an Stelle des Punktes b ein Gegenstand durch den Grund- und Aufriss gegeben ist. Man hat alsdann für jeden Eckpunkt die Perspective nach der obigen Angabe zu bestimmen und die Perspectiven aller Punkte gehörig zu verbinden, um die Perspective des Gegenstandes zu erhalten.

124

Man bedient sich gewöhnlich dann der Durchschnittsmethode, wenn man sehr complicirte Gegenstände perspectivisch darzustellen hat.

Methode der freien Perspective.

§. 113.

Nicht immer ist zur Zeichnung eines perspectivischen Bildes
der vollständige Entwurf, d. i. Grund- und Aufriss des Gegenstandes erforderlich, sondern es genügen manchmal schon einzelne Daten, um dasselbe zu construiren, indem man die
Durchschnittspunkte der Sehestrahlen mit der Bildebene in-
direct mit Hilfe der sogenannten Distanz-Verschwindungs- und
Theilungspunkte auffindet. Diese indirecte perspectivische Con-
structionsmethode wird die Methode der freien Perspective genannt.

Bevor wir auf das Zeichnen der Perspectiven nach dieser
Methode näher eingehen, wird es nöthig sein, einige Ausdrücke
zu definiren, die bei perspectivischen Darstellungen allgemein
angewendet werden.

Stellt in Fig. 102 *MN* die verticale Bildebene vor, so

Fig. 102.

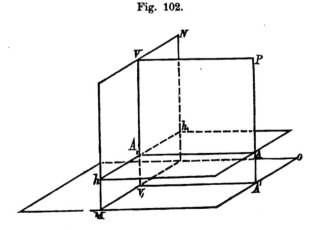

heisst der Punkt A_1^1, in welchem die Senkrechte vom Auge *A*
dieselbe trifft, der Augepunkt und die Länge der Senkrechten

AA_1 die Distanz des Auges. Die Horizontalebene, welche durch das Auge gedacht werden kann, heisst der Horizont des Auges, und ihre Durchschnittslinie hh_1 mit der Bildebene, der Horizont des Bildes. Die durch die Distanz des Auges AA_1 gedachte Verticalebene schneidet die Bildebene in der Geraden VV_1, welche die Verticale des Bildes genannt wird. Die horizontale Ebene MO, auf welcher die meisten Körper aufstehen, nennen wir Grundebene; den Punkt A', in welchem das Loth vom Auge dieselbe trifft, den Fusspunkt, und den senkrechten Abstand AA' des Auges von derselben, die Höhe des Auges. Den senkrechten Abstand eines Punktes von der Bildebene endlich nennt man die Distanz des Punktes.

§. 114.

Sind auf der Bildebene MN (Fig. 103) die orthogonalen Projectionen eines Punktes b und des Auges A durch b'' und A_1 gegeben, und kennt man ausserdem die Distanzen des Auges und des Punktes, so ist man bereits im Stande, die Perspective β des Punktes b anzugeben.

Fig. 103.

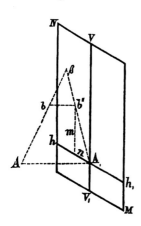

Denn wird das Auge A mit dem Punkte b — und der Augepunkt A_1 mit der Projection b'' des Punktes b verbunden, so schneiden sich beide Geraden genügend verlängert im Punkte β, welcher das perspectivische Bild des Punktes b vorstellt, indem β der Durchschnittspunkt des vom Auge A nach b gezogenen Sehestrahls mit der Bildebene MN ist. Es wird für die Auffindung des Bildes β aber einerlei sein, ob man die eben angegebene Construction im Raume oder in der Bildebene sich ausgeführt denkt, denn wenn man das Trapez $bb''A_1A$ um die Linie $b''A_1$ in die Bildebene herabschlägt, so bekommt man mit den gegebenen Daten das nämliche perspectivische Bild.

§. 115.

Distanzpunkte.

Betrachtet man den Augepunkt A_1 als den Anfangspunkt eines rechtwinkeligen Coordinatensystems, so kann der Punkt b'' leicht aus der frühern Figur durch die Abscisse n und die Ordinate m in die Fig. 104 übertragen oder auch unmittelbar eingezeichnet werden. A_1 mit b'' verbunden gibt die Projection des Sehestrahls, in welcher die Perspective β liegen muss. Zieht man noch in A_1 und b'' Senkrechte auf die $A_1\, b''$, und trägt auf dieselben beziehungsweise die Distanzen des Auges und des Punktes nach A und b auf, so gibt A mit b verbunden den umgelegten oder in die Bildebene herabgeschlagenen Sehestrahl, welcher verlängert seine Projection im Punkte β

Fig. 104.

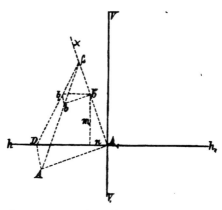

schneidet, der das perspectivische Bild des Punktes b vorstellt. Diese Construction lässt sich aber für den wirklichen Gebrauch noch praktischer einrichten. Die beiden Dreiecke $\beta\, b\, b''$ und $\beta\, A\, A_1$ sind ähnlich, daher besteht für dieselben die Proportion:

$$AA_1 : bb'' = A_1\,\beta : b''\,\beta \text{ und daraus}$$
$$(AA_1 - bb'') : AA_1 = A_1\,b'' : A_1\,\beta \dots\text{ (I)}$$

Denkt man sich aber von A_1 aus das Auge A in den Horizont des Bildes so hinaufgedreht, dass

$$AA_1 = A_1\,D \text{ wird und}$$

zieht ferner die $b_1\,b''$, welche der $b\,b''$ gleich gemacht wurde, parallel zum Horizonte des Bildes hh_1, alsdann trifft die verlängerte Linie $D\,b_1$ wieder nach dem Punkte β; — denn es ist:

$$A_1 D : b_1\,b'' = A_1\,\beta_1 : b''\beta_1 \text{ und daraus}$$
$$(A_1\,D - b_1\,b'') : A_1\,D = A_1\,b'' : A_1\,\beta_1 \dots \dots \text{(II)}$$

Nachdem in den Proportionen (I) und (II) die ersten drei Glieder gleich sind, so muss auch $A_1\,\beta = A_1\,\beta_1$ sein; d. h. β und β_1 müssen zusammenfallen.

Der Punkt D wird der Distanzpunkt genannt. Derselbe ist leicht zu finden, da man nur vom Augepunkte aus die Augedistanz auf den Horizont des Bildes aufzutragen braucht. Die Bilder weiterer Punkte werden gerade so bestimmt, indem der Distanzpunkt D für alle der nämliche bleibt. .Liegen die Punkte, welche perspectivisch dargestellt werden sollen, zu beiden Seiten der Verticalen des Bildes, so trägt man die Distanz des Auges vom Augepunkte A_1 aus nach beiden Seiten am Horizonte auf und zeichnet die Perspectiven aller links von der Verticalen liegenden Punkte, mit Hilfe des linken, und jene, die rechts von der Verticalen liegen, mittelst des rechten Distanzpunktes. Derjenige Kreis, der aus dem Augepunkte mit der Augendistanz als Halbmesser beschrieben werden kann, heisst Distanzkreis.

§. 116.

Sollte die Distanz des Auges so gross sein, dass die Distanzpunkte nicht mehr auf die Zeichenfläche fallen, so trägt man vom Augepunkte A_1 aus nur die halbe, oder nur ein Viertel der ganzen Augendistanz am Horizonte des Bildes auf, wodurch man die Halben- und Vierteldistanzpunkte erhält. Nimmt man dann ebenso auch von den Distanzen der Punkte die nämlichen aliquoten Theile, so erhält man durch die vorhin angegebene Construction dieselben perspectivischen Bilder, als mit den ganzen Distanzen des Auges. Um dies einzusehen, theile man in der Fig. 104 sowohl die Augendistanz $A_1 D$, als auch die Distanz des Punktes $b_1\,b'$ in zwei oder vier gleiche Theile und ziehe die Theilungslinien, welche alsdann in dem Punkte β zusammentreffen werden. Nach dieser Methode der perspectivischen Darstellung ist man bereits im Stande die Perspectiven beliebig vieler Punkte anzugeben, sobald nur ihre Abstände von der Verticalebene und dem Horizonte des Auges, so wie die Distanzen der Punkte gegeben sind, da mit Hilfe der erstern Abstände die Projectionen der Punkte in die Bildebene eingetragen und durch die Distanzen der Punkte alsdann deren Perspectiven bestimmt werden können. Man ist daher ohne weiters im Stande, die Perspectiven gerader und krummer Linien, so wie jene von Flächen und Körpern darzustellen. An den meisten technischen Gegenständen kommen jedoch gewöhnlich Systeme paralleler Linien vor und für dieselben ist bei der perspectivischen Darstellung eine Vereinfachung möglich.

§. 117.

Verschwindungspunkte gerader Linien.

Wenn wir ein System paralleler Linien in's Auge fassen, so finden wir im Allgemeinen ihre perspectivischen Bilder nicht parallel. Von der Wahrheit dieses Satzes können wir uns durch eine Erscheinung, die wir in der Natur, mehr oder weniger ausgezeichnet, häufig beobachten, am besten überzeugen. Wenn wir z. B. am Anfange einer langen, geraden Allee stehen, die gleich hohe Bäume hat und durchwegs gleich breit ist, so scheinen die Verbindungslinien der Fusspunkte, so wie jene der Spitzen der Bäume gegen einen sehr entfernt gelegenen Punkt zu convergiren. Die Bäume erscheinen dem Auge mit zunehmender Entfernung immer kleiner und näher aneinander; die Breite der Allee verringert sich, während der Boden scheinbar schwach geneigt und in grosser Entfernung bis zur Augeshöhe anzusteigen scheint. Die Erklärung dieses Phänomens liegt in der Art und Weise unserer Beurtheilung der Grösse der Gegenstände nach der Grösse des Winkels, welchen die äussersten Sehestrahlen nach denselben einschliessen. Diese Winkel der Sehestrahlen zu den

Endpunkten der Bäume werden mit zunehmender Entfernung vom Auge immer kleiner und würden für Bäume in unendlicher Entfernung gleich Null werden. Wäre also die Allee unendlich lang, so würden die Linien, welche die Fusspunkte und Spitzen der Bäume verbinden, scheinbar in einem Punkte zusammen treffen, wesshalb dieser Punkt der B e g e g n u n g s - oder V e r s c h w i n d u n g s p u n k t paralleler Linien genannt wird. Gleichzeitig können wir in diesem Falle aber auch bemerken, dass die Bäume mit der Entfernung nur verkürzt erscheinen, nicht aber auch nach oben zu gegen einen Punkt convergiren. Dies deutet schon darauf hin, dass nicht alle Systeme paralleler Linien einen Begegnungspunkt haben werden.

Besonders auffallend lässt sich diese scheinbare Convergenz paralleler Linien, auf lange geradlinig fortlaufenden Eisenbahnstrecken beobachten.

Da das perspectivische Bild die Gegenstände so darstellt, wie sie das Auge in Wirklichkeit sieht, so müssen auf demselben auch die Bilder gewisser paralleler Linien nach einem Punkte zusammen laufen. — Wie bei bildlichen Darstellungen die Begegnungs- oder Verschwindungspunkte zu finden sind, wird eine einfache Betrachtung lehren.

§. 117.

Stellen in Fig. 105 a b und c d zwei parallele Linien im Raume, A das Auge und MN die Bildebene vor, so können die perspectivischen Bilder der zwei Geraden a b und c d nicht nur durch die Bestimmung der Perspectiven ihrer Endpunkte, sondern auch dadurch erhalten werden, dass man durch das Auge und jede Gerade eine Ebene (perspectivisch projicirende Ebene) legt, und ihre Durchschnitte mit der Bildebene angibt. Setzt man die letztere Bestimmungsweise voraus, so werden sich die beiden Ebenen in einer geraden Linie schneiden, die durch das Auge geht, — zu den zwei im Raume Parallelen a b und c d ebenfalls parallel ist, und genügend verlängert die Bildebene im Punkte B schneidet. Nach diesem Punkte B müssen auch die verlängerten perspectivischen

Bilder $\alpha\beta$ und $\gamma\delta$ hintreffen. Denn $\alpha\beta$ und AB, so wie $\gamma\delta$ und AB entsprechend verlängert, müssen sich in einem Punkte schneiden, da je zwei dieser Linien in einer Ebene liegen. Nachdem nun B der einzige Punkt der AB ist, welchen dieselbe mit der Bildebene gemein hat, — $\alpha\beta$ und $\gamma\delta$ aber ebenfalls in der Bildebene liegen, so kann nur B derjenige Punkt sein, in welchem sich sowohl die $\alpha\beta$, als auch die $\gamma\delta$ mit der AB schneiden. B muss somit der Begegnungspunkt der verlängerten perspectivischen Bilder $\alpha\beta$ und $\gamma\delta$ sein. Ebenso würde jedes andere perspectivische Bild einer zur ab und cd parallelen Geraden nach diesem Punkte B hintreffen. Dieser Punkt B ist natürlich auch derjenige Punkt, in welchem jede der beiden Geraden ab und cd einzeln verschwindet. Dies geht übrigens auch daraus hervor, dass der Punkt B bezüglich der Geraden ab die Perspective eines in dieser Geraden gelegenen, jedoch unendlich weit von der Bildebene entfernten Punktes vorstellt. Ebenso ist B der Verschwindungspunkt der Geraden cd. Hieraus ist zunächst zu ersehen, dass nicht nur ein System paralleler Linien, sondern auch jede einzelne Gerade ihren Verschwindungspunkt hat.

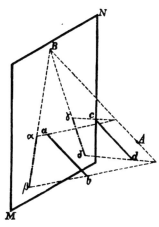

Fig. 105.

Wie eine Gerade oder ein System paralleler Geraden in einem Punkte (dem Verschwindungs- oder Begegnungspunkte) zu verschwinden scheint, ebenso scheint eine Ebene oder ein System paralleler Ebenen in einer geraden Linie zu verschwinden. Letztere Linie wird Verschwindungslinie genannt.

Aus der eben durchgeführten Betrachtung geht auch schon der Weg hervor, nach welchem der Verschwindungspunkt für eine gerade Linie oder für ein System paralleler Geraden gefunden werden kann. Man hat, um diesen anzugeben, nur durch das Auge eine Parallele zu der gegebenen Geraden im Raume (oder zu dem Systeme der parallelen Linien) zu ziehen. Der Durchschnittspunkt dieser durch das Auge gezogenen Parallelen (Parallelstrahl genannt), mit der Bildebene, ist bereits der gesuchte Verschwindungspunkt. Ist daher von einem Systeme paralleler Geraden die Neigung und die orthogonale Projection einer derselben auf der Bildebene bekannt, so ist der Verschwindungspunkt leicht aufzufinden, sobald man die Distanz des Auges einmal angenommen hat.

Die Verschwindungslinie paralleler Ebenen ist durch die Verschwindungspunkte zweier Geraden, die man in einer der parallelen Ebenen zieht, bestimmt. Die Verschwindungslinie ist sonach die Durchschnittslinie einer durch das Auge A parallel zu den gegebenen Ebenen gelegten Ebene mit der Bildfläche. — Die Durchschnittslinien paralleler Ebenen mit der Bildfläche sind untereinander parallel, und auch parallel mit der Verschwindungslinie.

<h2 style="text-align:center">§. 118..</h2>

Ist in Fig. 106 $a''b''$ die orthogonale Projection einer Geraden eines Systems paralleler Linien, α ihr Neigungswinkel mit der Bildebene und AA_1 die Augendistanz, so ergibt sich

Fig. 106.

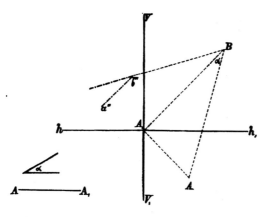

der Verschwindungspunkt B durch die Construction des bei A_1 rechtwinkeligen Dreiecks $A_1 A B$. In diesem Dreiecke ist $A_1 B$, als orthogonale Projection der AB, parallel zur $a''b''$, und die

9 *

Hypotenuse AB unter dem Neigungswinkel α gegen die $A_1 B$ gezogen.

Wäre b'' der Durchschnittspunkt der ab mit der Bildfläche, so würde er gleichzeitig die Perspective des Punktes b vorstellen und gäbe, mit dem Verschwindungspunkte B verbunden, die Richtung der Perspective der Geraden ab. Ebenso einfach kann für jede andere Gerade, welche dem nämlichen Systeme paralleler Linien angehört, die Richtung der Perspective angegeben werden, sobald von derselben nur ein Punkt perspectivisch bestimmt ist, da alle Perspectiven im Verschwindungspunkte B zusammen treffen.

§. 119.

Nicht immer hat der Verschwindungspunkt diese ganz allgemeine Lage, sondern er fällt für gewisse Systeme paralleler Linien in den Horizont oder in die Verticale des Bildes. Folgende wichtige Sätze lassen sich über die Lage des Verschwindungspunktes zusammen stellen:

a) Die Perspectiven paralleler Linien, welche auch zur Bildebene parallel sind, haben keinen Verschwindungspunkt. Die Perspectiven dieser Linien sind daher zu einander parallel, und ihre Richtung ist durch die der orthogonalen Projectionen gegeben.

b) Alle Perspectiven paralleler Geraden, die gegen die Bildebene geneigt sind, haben einen Verschwindungspunkt. Die Perspectiven dieser Linien convergiren und laufen, wenn man sie verlängert, im Verschwindungspunkte ganz zusammen.

Der Verschwindungspunkt der Bilder (Perspectiven) liegt speciell:

1. für alle Systeme paralleler Geraden, welche auf der Bildebene verticale orthogonale Projectionen haben, in der Verticalen des Bildes, und

2. für alle Systeme horizontaler Geraden, die also auch
horizontale orthogonale Projectionen haben, im Horizonte des Bildes. — Derselbe fällt ausserdem mit dem
Augenpunkte oder mit einem Distanzpunkte zusammen,
je nachdem die horizontalen Parallelen auf der Bildebene senkrecht stehen, oder unter einem Winkel von
45 Graden gegen dieselbe geneigt sind.

c) Die Bilder gerader Linien, die zwar nicht parallel, aber unter einem gleichen Winkel α
gegen die Bildebene geneigt sind, haben ihre
Verschwindungspunkte in der Peripherie eines
Kreises, dessen Mittelpunkt der Augenpunkt
ist, — und den man Verschwindungskreis nennt.

Aehnliche Regeln lassen sich mit Leichtigkeit für die Verschwin-
dungslinien paralleler Ebenen zusammenstellen.

§. 120.

Um die bisher entwickelten Sätze auf einen einfachen Fall
anzuwenden, wollen wir die Perspective eines vierseitigen Prisma's, das auf einer grössern vierseitigen Platte aufsteht, bestimmen. In Fig. 107 a ist der Grund- und Aufriss, und in
Fig. 107 b die Perspective dieses Gegenstandes angegeben.
Die Lage der Bild- und Verticalebene ist durch die Grundschnitte MN und VV_1 im Grundriss, und jene des Horizontes
des Auges durch den Grundschnitt HH_1 im Aufriss angegeben.
Wird für das perspectivische Bild der Horizont und die Verticale des Bildes in Fig. 107 b durch hh_1 und VV_1 angenommen, wird ferners die Augendistanz nach Berücksichtigung der Eingangs gemachten Bemerkungen bestimmt und
nach D und D_r aufgetragen, so sind nur noch die Eckpunkte
des Gegenstandes durch ihre Coordinaten zu übertragen und mittelst der Distanzpunkte in Perspective zu setzen. — Der Punkt a
ist um das Stück m von der Verticalebene entfernt, somit wird
auch seine Projection von der Verticalen des Bildes um das
nämliche Stück m abstehen. Da der Punkt a ferner um das
Stück $qa'' = n$ unter dem Horizonte des Auges liegt, so muss

134

auch seine Projection um ebenso viel unter dem Horizonte des Bildes liegen. Ist a'' in Fig. 107b eingetragen, so bestimmt man durch den Distanzpunkt D_1 und die Distanz p des Punktes von der Bildebene, das Bild α. Auf dieselbe Weise werden die übrigen Punkte übertragen.

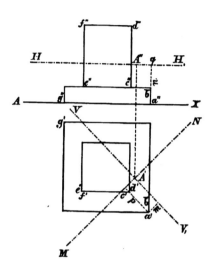

Fig. 107a.

Da aber alle verticalen Kanten verticale Bilder geben, und die horizontalen Kanten, welche unter einem Winkel von 45 Graden gegen die Bildebene geneigt sind, ihre Verschwindungspunkte in den Distanzpunkten haben, so sind nur mehr die Punkte g, b, c, d, e und f in Perspective zu setzen, um das ganze Bild vollständig zeichnen zu können. Denn durch die Perspective des Punktes g ist das untere, durch jene b das obere Viereck der Platte, und durch die Perspectiven der übrigen vier Punkte das perspectivische Bild des auf der Platte stehenden Prisma's

Fig. 107b.

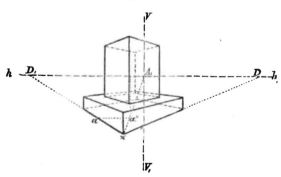

gänzlich bestimmt. — Es ist ersichtlich, dass der vollständige Entwurf des Gegenstandes zur Construction des perspectivischen

Bildes nicht nöthig war, da nur die Abstände einzelner Punkte
von der Bild- und Verticalebene, sowie vom Horizonte des
Auges gebraucht wurden.

Bei der Herstellung von Perspectiven ist es sehr vortheilhaft, zuerst einige Hauptpunkte in Perspective zu setzen,
da sich hernach besonders bei Gegenständen, die von krummen Oberflächen begrenzt sind, vieles aus freier Hand und
nach dem Augenmasse eintragen lässt.

§. 121.

Die Fig. 108 stellt die Perspective eines Bootes dar, so
gut dies in einem so kleinen Massstabe thunlich ist. Um das-

Fig. 108.

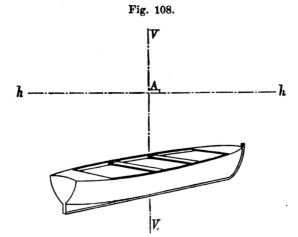

selbe zu zeichnen, wurden: — die grösste Länge, die grösste
Breite und drei Querschnitte in Perspective gesetzt und darnach
die krummlinigen Contouren aus freier Hand eingezeichnet.

§. 122.

Theilungspunkte.

Einen weitern Vortheil für das Zeichnen der Perspectiven
gewähren die Theilungspunkte. Wenngleich die eng gezogenen Grenzen dieses Leitfadens es nicht gestatten, dieselben
eingehend zu discutiren und anzuwenden, so soll doch das
Wesen derselben hier angeführt werden.

Sei in Fig. 109 ab eine gerade Linie im Raume, welche die Bildebene MN im Punkte a schneidet, so trifft sie in diesem Punkte mit ihrer orthogonalen Projection, und zugleich mit ihrer Perspective $a\pi$ zusammen. Werden aus den Punkten m und n, welche die Gerade ab in einem bestimmten Verhältnisse theilen, so gegen ihre orthogonale Projection $b''a$ Linien gezogen, dass:

$am = am_1$

$mn = m_1 n_1$ und

$nb = n_1 b_1$ ist, so sind die Linien mm_1, nn_1 und bb_1 unter

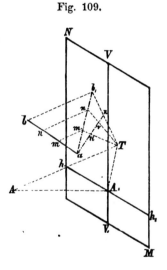

Fig. 109.

einander parallel, und ihre perspectivischen Bilder, welche im Begegnungspunkte T zusammentreffen, schneiden die Perspective πa in den Punkten μ, ν und π. Die Stücke $a\mu$, $\mu\nu$, $\nu\pi$ sind die Bilder der Abschnitte am, mn und nb der Geraden ab, welche den Abschnitten am_1, mn_1, $n_1 b_1$ auf der orthogonalen Projection gleich sind. Die Linien mm_1, nn_1 und bb_1 werden Theilungslinien; — $m_1 T$, $n_1 T$ und $b_1 T$ die Bilder der Theilungslinien und ihr Verschwindungspunkt T, der Theilungspunkt genannt. Mit Hilfe dieses Satzes ist man im Stande, das Bild irgend einer Geraden nach einem gegebenen Verhältnisse perspectivisch zu theilen, sobald die orthogonale Projection dieser Geraden, dann die Neigung der Theilungslinien gegen die Bildfläche, und die Augendistanz gegeben sind.

Jeder specielle Fall der perspectivischen Darstellung wird Vereinfachungen und Abkürzungen beim Zeichnen zulassen, und der aufmerksame Zeichner wird dieselben mit Leichtigkeit auffinden und anwenden können.

Aufgaben: Der Anfänger zeichne zur Uebung die Perspectiven eines sechsseitigen Prisma's, eines kreisförmigen Cylinders und Kegels, dann allenfalls jene eines Kreuzes, das auf einem vierseitigen Postamente aufsteht, und versuche endlich für die Darstellung der Perspective in Fig. 107 noch eine Vereinfachung anzugeben.

§. 123.

In Bezug auf Beleuchtung und die Bestimmung der Schlagschatten verweisen wir auf das in der Schattenlehre im Allgemeinen und Besondern Angeführte. Was speciell die Angabe des Schlagschattens betrifft, so kommt man in jedem Falle auf die Bestimmung des Schlagschattens einzelner Punkte zurück, welche entsprechend verbunden, die Schlagschatten der Linien, Flächen oder Körper begrenzen werden. Bei der wirklichen Bestimmung der Schlagschatten kann auf zweifache Art vorgegangen werden. Entweder wird der Schlagschatten am Grund- und Aufrisse construirt und zugleich mit diesem in Perspective gesetzt, oder man gibt denselben am schon gezeichneten perspectivischen Bilde unmittelbar an. Für den letzteren Fall darf zur Vereinfachung der Construction nicht ausser Acht gelassen werden, dass die Bilder der parallelen Lichtstrahlen einen Verschwindungspunkt haben, gegen welchen dieselben convergiren.

Auf perspectivischen Bildern hat man manchmal den Schatten von Gegenständen zu construiren, welchen dieselben bei centraler Beleuchtung absetzen. Durch eine brennende Lampe oder Kerze z. B. werden die Gegenstände immer central, d. i. von einem leuchtenden Punkte in endlicher Entfernung, beleuchtet. Es würde uns jedoch zu weit führen näher auf solche Schattenbestimmungen einzugehen.

Jedem, der sich für die Perspective besonders interessirt, empfehlen wir das vorzügliche Werk: „freie Perspective in ihrer Begründung und Anwendung von G. A. V. Peschka und E. Koutny. — Hannover."

Anhang.

§. 124.

Cavalierperspective. — Die Vor- und Nachtheile der orthogonalen und perspectivischen Projection dürften dem aufmerksamen Leser zum grössten Theil klar geworden sein. Jede dieser Darstellungsmethoden ist nur für gewisse Zwecke mit Vortheil anwendbar. Nachdem es aber häufig nothwendig erscheint, ebensowohl ein möglichst getreues Bild eines Gegenstandes zu besitzen, als auch die Dimensionen leicht und bequem erhalten zu können, so hat man die Vortheile beider Projectionsarten in e i n e r D a r s t e l l u n g s- w e i s e   z u   v e r e i n i g e n   g e s u c h t, um durch eine solche allen Anforderungen, die an eine bildliche Darstellung gestellt werden, zu entsprechen. Es ist jedoch nur theilweise gelungen, derartige Darstellungsmethoden ausfindig zu machen. — Für kleinere Objecte entspricht die s c h i e f e   g e o m e- t r i s c h e   P r o j e c t i o n s m e t h o d e, welche auch C a v a l i e r p e r s p e c t i v e oder s c h i e f w i n k e l i g e   P a r a l l e l p r o j e c t i o n genannt wird, dèn gestellten Anforderungen. Nachdem bei dieser das Auge unendlich weit entfernt von der Bildebene angenommen wird, so sind die projicirenden Geraden zu einander parallel, — und die Bilder paralleler Linien müssen ebenfalls unter einander parallel sein. Die Bilder haben ausserdem mit den Linien im Raume gleiche Länge, sobald letztere parallel mit der Bildebene sind. Nimmt man, wie dies in der Regel geschieht, die Bildebene vertical an und gibt dem Gegenstande eine solche Lage, dass zwei seiner Hauptausdehnungen mit der Bildebene parallel werden, so erscheinen diese auf der Zeichenfläche schon in der wahren Grösse. Die Linien nach der dritten Hauptausdehnung des Gegenstandes, welche alsdann auf der Bildebene senkrecht stehen, werden in der Zeichnung gegen die wahren Längen im Allgemeinen verlängert oder verkürzt sein. Haben jedoch die projicirenden Geraden eine Neigung von 45 Graden gegen die Zeichenfläche, so müssen auch die auf der Bildebene senkrechten Linien in der. Zeichnung von der wahren Länge der Geraden selbst erscheinen. `

§. 125.

Soll z. B. die Pfanne eines Zapfenlagers, welche in Fig. 110 *a* im Grund- und Aufrisse dargestellt ist, nach dieser Methode gezeichnet werden, so gibt man zuerst den vollständigen Aufriss (Fig. 110 *b*) wieder an, wenn man die Bildebene zur verticalen Projectionsebene parallel annimmt. Unter einem kleinen Winkel (etwa 30°) gegen die Axe werden aus allen Eckpunkten des Aufrisses parallele Linien gezogen und darauf die wahren Längen der Kanten, welche sie vorstellen, nach dem verjüngten Massstabe des Grund- und Aufrisses aufgetragen. Die dadurch erhaltenen Endpunkte verbunden, geben die rückwärtige Fläche, welche der vordern congruent, jedoch nicht ganz sichtbar ist. — Das erhaltene Bild ist einer Perspective bis zu einem gewissen Grade ähnlich, daher für den Laien deutlicher und verständlicher. Gleichzeitig enthält dasselbe noch alle Dimensionen in der wahren Grösse der Zeichnung. Für grössere Objecte ist diese Darstellungsmethode jedoch nicht gut anwendbar, weil dieselben unnatürlich aussehen, den Eindruck einer fehlerhaften Perspective machen und viele Linien

Fig. 110 a.   Fig. 110 b.

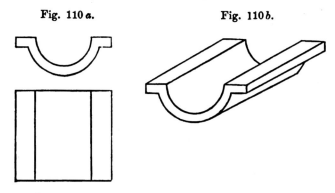

verdeckt und unsichtbar erscheinen. In der Praxis wendet man diese Methode auch nur für Details eines grössern Entwurfs an.

§. 126.

Aus der orthogonalen Projection kann man von einem Körper oder Gegenstande ein für das Auge günstigeres Bild erhalten, wenn man denselben dreht, also in eine allgemeine Lage gegen die Projectionsebenen bringt. Für diesen Fall wäre jedoch die Darstellung an und für sich schon oftmals sehr umständlich und es müssten die wahren Dimensionen grösstentheils durch Herabschlagen aufgefunden werden, was für den gewöhnlichen Gebrauch zu umständlich und zu zeitraubend ist. — Mohs bediente sich einer derartigen Darstellung beim Zeichnen der Krystallgestalten.

§. 127.

Axonometrische Projection. — Ein richtiges und gutes Bild eines Gegenstandes kann auch dadurch erhalten werden, dass man jeden seiner Punkte auf drei gegen einander senkrechte Coordinatenebenen bezieht und den Gegenstand sammt den Coordinatenebenen auf der Zeichenfläche darstellt. —

Stellen die drei Projectionsebenen, welche bei der orthogonalen Projectionsmethode angewendet wurden, die Coordinatenebenen vor, so schneiden sich
je zwei dieser Ebenen in einer Geraden, die **Axe** genannt wird. Alle drei
Durchschnittslinien, die wir **Coordinatenaxen** nennen, treffen in einem
Punkte, dem **Anfangspunkte des Coordinatensystemes**, zusammen.
Kennt man die Abstände eines Punktes von allen drei Coordinatenebenen,
so kann derselbe leicht eingetragen werden, wenn wirklich drei auf einander
senkrechte Ebenen vorhanden sind. Bei einer graphischen Darstellung trifft
dieser letztere Umstand jedoch nicht zu; — man muss daher trachten, alles
auf eine Zeichenfläche zu bringen.

§. 128.

Trägt man auf jede Coordinatenaxe ein gleiches Linienstück auf, so
also, dass in Fig. 111:

$$A Z = A X = A Y$$

wird, und projicirt diese drei rechtwinkeligen Coordinatenaxen $A X$, $A Y$ und
$A Z$ auf eine Ebene $M N$ unter der Annahme, dass das Auge unendlich weit
von derselben entfernt ist, so werden auf dieser Ebene im Allgemeinen die
projicirten Axen $A_1 X_1$, $A_1 Y_1$ und $A_1 Z_1$ sowohl unter sich, als auch gegen
ihre ursprüngliche Länge verschieden sein.

Fig. 111.

Die Projectionen der ursprünglichen Coordinatenaxen $A X$, $A Y$ und $A Z$, nämlich:
$A_1 X_1$, $A_1 Y_1$ und $A_1 Z_1$, werden die
**axonometrischen Coordinaten-
axen** und die Ebene $M N$ die **axonometrische Bildebene** genannt. Es wird
sich leicht ein Verhältniss zwischen der
Länge der rechtwinkeligen, und den
Längen der axonometrischen Coordinatenaxen aufstellen lassen, sobald die Lage
der axonometrischen Bildebene und die
Neigung der projicirenden Geraden gegen diese einmal angenommen sind. Darnach wird sich für jede axonometrische
Coordinatenaxe ein eigener verkürzter
Massstab ergeben, der für alle zu ihr parallelen Linien anwendbar ist.

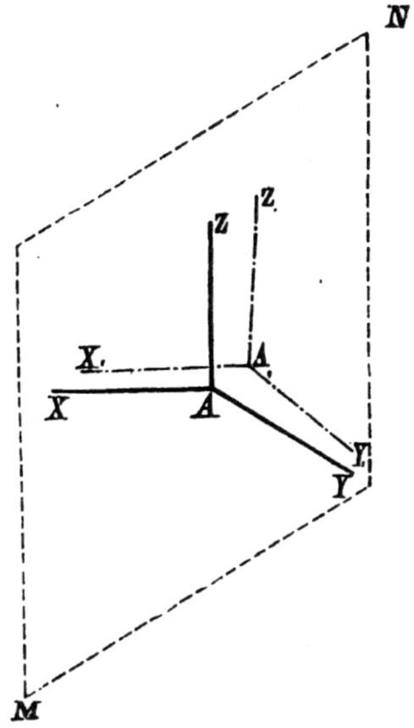

§. 129.

Wäre die Länge jeder der drei rechtwinkeligen Coordinatenaxen
(Fig. 112 a), z. B. 6 Zoll, so stellen die axonometrischen Coordinatenaxen

(Fig. 112 b), ebenfalls 6 Zoll lange Linien vor. Theilt man $A_1 X_1$, $A_1 Y_1$ und $A_1 Z_1$, je in 6 gleiche Theile, so erhält man auf jeder Axe den verkürzten

Fig. 112 a.   Fig. 112 b.

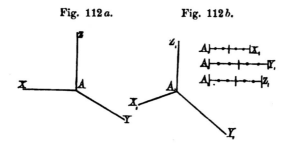

Zoll und das Einzeichnen der Punkte wird nach ihren Abständen von den Coordinatenebenen keiner Schwierigkeit mehr unterliegen.

§. 130.

Bedeutet in Fig. 113 AX, AY und AZ schon das axonometrische Coordinatensystem, in welches der Punkt a nach seinen Abständen von den Coordinatenebenen mittelst der seitlich gezeichneten axonometrischen Massstäbe eingetragen werden soll, so wird man nach dem Massstabe I drei Theile von A nach m auftragen, wenn der Punkt um 3 Zoll von der Ebene XZ absteht. Im Punkte m wird eine Parallele zur AX gezogen und darauf sechs Theile nach dem Massstabe II aufgetragen, wenn der Punkt um 6 Zoll von der Ebene YZ entfernt ist. Im Punkte n endlich wird eine Parallele zur AZ gezogen und darauf nach dem Massstabe III fünf Theile aufgetragen, wenn der Punkt um 5 Zoll über der Ebene XY liegt. a ist nun das axonometrische Bild des Punktes und die ganze Darstellung heisst die axonometrische Projectionsmethode.

Fig. 113.

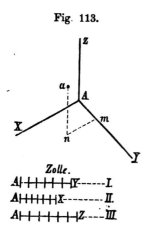

Sind die Massstäbe für alle drei Axen verschieden, so nennt man diese Projection eine anisometrische oder trimetrische, — sind zwei derselben gleich, eine monodimetrische oder dimetrische, und wenn alle drei untereinander gleich sind, eine isometrische Projection. Hat man einmal die axonometrischen Massstäbe bestimmt und eingetheilt, so ist das Zeichnen nach dieser Methode sehr einfach. Die Bilder kleiner und einfacher Gegenstände (besonders der Krystallgestalten) sehen natürlich aus und gestatten ein bequemes

Abnehmen der Dimensionen. Für den wirklichen Gebrauch ist jedoch bis jetzt nur die isometrische Methode, — und diese nur in beschränktem Masse durchgedrungen.

Durch die Cavalierperspective und die axonometrische Projectionsmethode, die im Anhange zur Perspective durch allgemeine Umrisse gekennzeichnet wurden, ist also nur ein ganz partieller Ersatz für die orthogonale und perspectivische Projection geliefert, da sich beide Darstellungsarten nur für einfache Körper und einzelne Bestandtheile, nicht aber für ganze zusammengesetzte Objecte vortheilhaft anwenden lassen. Nachdem man jedoch in wissenschaftlichen Werken die Gegenstände öfters nach diesen Methoden gezeichnet findet, so dürfte die kurze Bemerkung darüber doch nicht ganz nutz- und interesselos sein.

Ausführlicheres über die axonometrische Projection findet man im Civiling. Jahrg. 1856 und 1857 von Weisbach, Schlömilch, Junge etc., dann in Dr. C. F. Dietzel's, die angewandte Projectionslehre, nebst den Grundzügen der axonometrischen Projectionsmethode.

Zweiter Theil.

Kurze Anleitung zum Skizziren und zum Zeichnen
der Entwürfe technischer Objecte.

Kurze Anleitung zum Skizziren und zum Zeichnen der Entwürfe technischer Objecte.

§. 131.

Allgemeine Bemerkungen.

Bei dem raschen Fortschritte aller technischen Wissenschaften, und bei dem unaufhaltsamen Drange nach Verbesserung und Vervollkommnung aller technischen Einrichtungen, muss es für jeden gebildeten Menschen ein doppelt fühlbares Bedürfniss sein, das Wesen der graphischen Darstellung technischer Objecte zu kennen; nicht nur um dem Fortgange der Neuerungen, der uns meistens bloss in der Form technischer Zeichnungen vorliegt, folgen zu können, sondern auch um sich durch eine derartige Darstellung andern verständlich zu machen, da selbst der einfachste Handwerker nach einer richtigen Zeichnung viel leichter, als nach einer langwierigen Beschreibung arbeitet. In so ferne nun, als eine Zeichnung die Gegenstände der Vorstellung durch Linien anstatt durch Worte genau zugänglich macht, wird es besonders bei zusammengesetzten Gegenständen nothwendig sein, eine möglichst deutliche und genaue Darstellung anzustreben.

Nachdem der erste Theil dieses Leitfadens in gedrängter Reihenfolge die unerlässlichen Grundsätze und Regeln für ein richtiges technisches Zeichnen im Einzelnen angab, ist es nunmehr die Aufgabe des zweiten Theils, diese Grundsätze in ihrer Gesammtheit auf praktische Fälle anzuwenden. Denn erst durch die Anwendung dieser Lehrsätze auf bereits Vorhandenes oder noch zu Schaffendes im Gebiete der Technik, erhalten dieselben auch einen praktischen Werth. Ist ein solcher Werth bei der Darstellung einfacher Körper nur zum Theil ersichtlich geworden, so wird derselbe bei der bildlichen Darstellung zusammengesetzter Objecte deutlicher hervortreten. Hat sich der Anfänger während des gewissenhaften Studiums des ersten Theils, an eine nette und klare Darstellung einfacher Figuren und Körper gewöhnt, so wird es ihm nach kurzer Uebung auch gelingen, die nothwendige Genauigkeit und Harmonie in die Zeichnung eines zusammengesetzten Gegenstandes zu bringen. Es wird allerdings jede Darstellung grösserer Objecte die Aufmerksamkeit und Denkkraft des Zeichners im erhöhten Grade in Anspruch nehmen, da dabei auf viele verschiedenartige Umstände gleichzeitig Rücksicht genommen werden muss, und man sich solche überhaupt nicht so leicht als einfache Körper vorstellen kann. Allein es ist erwiesen, dass in eben demselben Verhältnisse, als die Lösung einer Aufgabe schwieriger wird, auch das Interesse für dieselbe wächst, wodurch dann leicht alle Schwierigkeiten überwunden werden.

§. 132.

Nachdem bereits im ersten Theile darauf hingewiesen wurde, dass es oftmals gut ist, vom darzustellenden Körper zuerst eine Skizze, d. h. ein dem Körper möglichst ähnliches aus freier Hand gezeichnetes Bild, zu entwerfen, so muss dies hier dahin erweitert werden, dass jeder Darstellung eines grössern und zusammengesetztern Gegenstandes das Zeichnen einer Skizze vorangehen muss. Man wird also, den einzigen Fall des mechanischen Copirens ausgenommen, um einen technischen Gegenstand im Grund- und Aufrisse darzustellen (zu entwerfen), von demselben vorerst eine Skizze aus freier Hand anfertigen müssen; und zwar wird es einerlei sein, ob man durch Beschreibung, durch directe Betrachtung oder durch die Fantasie zu einer deutlichen Vorstellung des darzustellenden Gegenstandes gelangte. Selbst beim Zeichnen einfacher Constructionen ist eine solche Skizze wünschenswerth, um darnach die einzelnen Figuren nach ihrer Anzahl, Grösse und Gestalt symmetrisch auf der Zeichehfläche vertheilen zu können. Für Entwürfe nach Aufnahmen ist dieselbe aus vielen, leicht einzusehenden Gründen absolut nöthig. Um von diesen Gründen nur die wichtigsten zu erwähnen, bemerken wir, dass es meistens unthunlich ist, mit dem Zeichenbrette, auf welchem der Entwurf ausgearbeitet wird, an Ort und Stelle der Aufnahme zu gehen. Ebenso ist auch einleuchtend, dass nach der Skizze am einfachsten das Verjüngungsverhältniss und der verjüngte Massstab für die Darstellung zu bestimmen sein wird. — Da also für jeden Gegenstand, von welchem ein Entwurf gezeichnet werden soll, zuerst eine Skizze vorhanden sein muss, so schicken wir eine kurze Erklärung des Skizzirens voran, und lassen dieser den Vorgang bei der Anfertigung und Ausführung des Entwurfs nachfolgen. Da jedoch ebenso das Skizziren, wie das Entwerfen für verschiedene Fälle verschieden ist, indem man zu unterscheiden hat, für wen, oder zu welchem Zwecke man eine Zeichnung herstellt, so beschränken wir uns hier auf einige allgemeine Bemerkungen, um später in jedem speciellen Falle eingehender über den Vorgang beim Skizziren und Entwerfen zu sprechen.

Von der Anfertigung einer Skizze.

§. 133.

Da der Entwurf nach der Skizze gezeichnet wird, so muss letztere ein vollständiges Bild des Gegenstandes geben, in welchem auch schon alle seine Dimensionen enthalten sind. Es ist zwar nicht zu läugnen, dass die Skizze hauptsächlich für den Aufnehmer bestimmt ist, der darnach selbst den Entwurf des Objectes herstellen will; allein es wird sehr nützlich sein, dieselbe so verständlich einzurichten, dass auch ein anderer Sachverständiger nach derselben den Entwurf zu zeichnen im Stande ist, indem manchmal der Aufnehmer an der selbstständigen Ausarbeitung des Entwurfs verhindert sein könnte.

Eine wesentlich gute Skizze muss somit für jeden klar sein, der überhaupt technische Zeichnungen versteht.

Eine ganz besondere Aufmerksamkeit wird bei der Anfertigung solcher Skizzen gefordert, welche Gegenstände vorstellen, die vom Orte, an welchem die Skizze benützt, oder der Entwurf ausgearbeitet werden soll, sehr entfernt sind, wo eine Dimension, die nicht notirt wurde, gar nicht oder nur schwer nachgetragen werden kann. Diese Bemerkung findet hauptsächlich auf alle jene Skizzen Anwendung, die man auf Reisen macht, welche ausserdem noch darum mit besonderer Sorgfalt anzugeben sind, weil man bei dieser Gelegenheit oft viele sehr ähnliche Gegenstände zeichnet. Aus den wenigen bisher angeführten Bemerkungen geht die hohe Wichtigkeit einer Skizze schon deutlich hervor; zugleich leuchtet auch die Nothwendigkeit ein, beim Skizziren systematisch, nach einer gewissen Reihenfolge vorzugehen, um wenigstens keine Hauptdimension beim Abmessen am Gegenstande oder beim Eintragen in die Skizze zu vergessen. Es soll dem Zeichner als erster Grundsatz gelten, stets vom Grossen in's Detail zu arbeiten und sich nie auf das Gedächtniss zu verlassen.

§. 134.

Nachdem die Skizze aus freier Hand gezeichnet wird, so muss ein sicheres Augenmass die beste Grundlage zur Anfertigung einer guten Skizze bilden, wesshalb dieses nach Möglichkeit geübt werden soll, was am besten durch Abschätzen, Vergleichen und Theilen von Linien geschieht, welche zur Probe nachher gemessen oder getheilt werden. Auf das Abschätzen der Winkel, die von einem rechten verschieden sind, muss anfangs ein besonderes Augenmerk gerichtet werden, und man wird am besten verfahren, sich dieselben immer auf einen rechten ergänzt zu denken.

Ein geübter Zeichner wird selbst die Skizzen der complicirtesten Gegenstände ganz nach dem Augenmasse anzugeben im Stande sein, da es demselben durch Uebung leicht geworden ist, von jeder einzelnen Länge den gleichen aliquoten Theil für die Zeichnung zu nehmen. Ein Anfänger und manchmal auch ein minder geübter Zeichner, würde auf diese Weise aber kaum zu einem günstigen Resultate gelangen, indem er dadurch, dass der ganze Gegenstand seine Aufmerksamkeit vielseitig in Anspruch nimmt, den einen Theil zu gross, und den andern wieder zu klein zeichnen könnte. Dem Anfänger ist daher zu rathen, an dem nachfolgend angegebenen Vorgang so lange festzuhalten, bis ihm ein sicheres und geschärftes Augenmass, so wie die nach und nach erlangte Uebung im Skizziren gestattet davon abzuweichen.

a. — Nachdem man durch genaues Betrachten und Untersuchen des darzustellenden Gegenstandes zu einer ganz klaren Vorstellung desselben gelangt ist, hat man sich für die Lage, welche man demselben in der Zeichnung geben will, zu entscheiden. Es wird vortheilhaft sein, diese so zu wählen, dass die Mehrzahl der Kanten und Flächen eine möglichst einfache (verticale oder horizontale) Lage erhält, damit deren wahre Grössen schon im Grund- oder Aufrisse enthalten sind, oder doch mit Leichtigkeit aufgefunden werden können. Eine geschickte Wahl der Lage des Gegenstandes gegen die Projectionsebenen bringt gewöhnlich auch bedeutende Vortheile für die Einfachheit der Darstellung mit sich. Dieselbe gleich zu finden, ist jedoch oft nicht leicht, denn sie fordert einen genauen Ueberblick über den ganzen Gegenstand.

b. — Ist die Lage des Gegenstandes gegen die Projectionsebenen einmal festgesetzt, so bestimme man annähernd die grösste Länge, Breite und Höhe des Objectes, um darnach ungefähr angeben zu können, in welcher Grösse die Skizze angefertigt werden kann, da bei der Skizze meistens die Grösse der Zeichnung jener des verfügbaren Papiers angepasst werden muss.

Nahe an einem Rande des Papiers, welches man des bequemern Zeichnens halber auf ein Buch oder auf ein Bretchen auflegt, wird deshalb eine Bleilinie gezogen und darauf ein solches Linienstück als Massstabseinheit angenommen, dass nach demselben alle erforderlichen Ansichten, deren Längen und Breiten durch das Messen der Hauptdimensionen schon bekannt sind, am Papiere Platz finden.

     c. — Ist dies geschehen, so wird nun zum Zeichnen des Grund- und Aufrisses etc. übergegangen. Man bestimmt, unter Benützung des am Rande gezeichneten Massstabes, zuerst die Lage einiger wichtiger Punkte und Linien, sowohl im Grund- als Aufrisse, auf welche nachher leicht die übrigen Bestandtheile frei nach dem Augenmasse bezogen werden können. Alle Linien werden anfangs ganz fein angegeben, um sie nöthigenfalls gleich wieder weglöschen zu können. Erst wenn die Skizze in den Hauptsachen fertig ist, werden die sichtbaren Kanten etwas schärfer nachgezogen, was aus freier Hand oder auch mittelst eines kleinen Lineals geschehen kann. Von den unsichtbaren Kanten werden nur die wesentlich wichtigen durch unterbrochene Linien angegeben.

Da man beim Skizziren gewöhnlich nur kleine Papierblättchen verwenden kann, so wird es nicht immer angehen, alle Bestandtheile des ganzen Gegenstandes im Grund- und Aufrisse deutlich genug zeichnen zu können. Von solchen Stellen, wo kleine Details vorkommen, zeichnet man daher Detailansichten in doppeltem oder dreifachem Massstabe des Grund- und Aufrisses. Die Stelle dieses betreffenden Details wird im Grund- oder Aufrisse gewöhnlich durch einen Buchstaben bezeichnet, welcher zur Detailansicht ebenfalls hinzugesetzt wird, um die zusammengehörigen Theile gleich auffinden zu können. In der Skizze sollen ferners alle, für die gänzliche Bestimmung des Gegenstandes nöthigen Durchschnitte enthalten sein, welche auch der grössern Deutlichkeit wegen häufig vergrössert gezeichnet werden. ¡Die geschnittenen Flächen werden schraffirt, und das verschiedenartige Material wird durch verschieden gerichtete, und verschieden starke, Schraffirstriche angegeben. Es wird zur Deutlichkeit einer Skizze viel

beitragen, wenn man gelegentlich die geschnittenen Flächen
mittelst des ihnen entsprechenden Farbentones anlegt.

    d. — Sobald die Skizze vollständig fertig ge-
zeichnet ist, werden alle Dimensionen mit einem gewöhnlichen Massstabe, von dessen Richtigkeit man
überzeugt sein muss, abgemessen und deutlich in
die Skizze eingetragen.

    Aber nicht nur alle Dimensionen, welche die Grösse und
Form des Gegenstandes bestimmen, sind deutlich auf die Skizze
zu schreiben, sondern es ist auch sonst alles zu notiren, was
eine nähere Bezeichnung des Objectes angeben könnte.

    Um den Durchmesser konischer oder cylindrischer Gegen-
stände zu bestimmen, verwendet man einen sogenannten Greif-
zirkel, welcher in Fig. 114 durch einfache
Linien abgebildet ist.

Fig. 114.

    Auf die angegebene Weise vorgehend,
wird man als Skizze ein annäherndes Bild des
Gegenstandes erhalten, insoweit dies mit den
angewandten einfachen Hilfsmitteln, und in der
verhältnissmässig kurzen Zeit möglich war. Eine
solche Skizze enthält alle Eigenschaften, welche es gestatten,
darnach den ganz genauen Entwurf des Gegenstandes, und
auch den Gegenstand selbst herzustellen.

    Das Skizziren selbst muss gut eingeübt werden, um in
wichtigen Fällen nicht auf Hauptdimensionen zu vergessen,
welche den Entwurf, so wie die Ausführung des Objectes unmöglich machen könnten. Es ist nicht nur nützlich, sondern
sogar nothwendig, anfangs solche Gegenstände zu skizziren,
welche sich an dem Orte befinden, wo auch der Entwurf
ausgearbeitet wird, um in der Skizze nicht eingetragene Dimensionen nachholen zu können. Dabei wird man auch am
besten beurtheilen lernen, was zu messen nothwendig und was
überflüssig ist. Man wird mit dem Skizziren einfacher Gegenstände beginnen, und erst nach und nach auf complicirtere übergehen. — Das Einüben des Skizzirens kann am allerbesten
durch passende Modelle geschehen.

Auf das Skizziren folgt die Anfertigung des Entwurfs. — Wenn die Skizze auch ganz deutlich und verständlich wäre, so ist ein Reinentwurf doch erforderlich, da die Bleilinien der Skizze sich bald verwischen und mit der Zeit ganz unkenntlich würden. Als Zeichnung, welche während der Ausführung des Gegenstandes dient, kann die Skizze aus den eben genannten Gründen ebenfalls nicht verwendet werden.

Vom Zeichnen des Entwurfs.

§. 135.

Der Zweck des Entwurfs wird auf die Art seiner Ausführung von directem Einflusse sein, da ein Entwurf, der bestimmt ist, als deutliches Bild eines Gegenstandes zu dienen, anders behandelt wird, als jener, nach welchem der Arbeiter oder Mechaniker den Gegenstand unmittelbar anfertigen soll. Gibt man zu, dass die Skizze den grössten Werth für den Aufnehmer hat, so muss anderseits auch anerkannt werden, dass der Entwurf jedenfalls eine allgemeinere Bestimmung hat, und daher mit mehr Sorgfalt ausgearbeitet werden muss. — Beim Zeichnen des Entwurfs wird in folgender Weise vorgegangen:

a. — Aus ·der Skizze wird zunächst nach dem Zwecke der Zeichnung das Verjüngungsverhältniss bestimmt, darnach das Papier für die Darstellung gewählt und darauf in der Nähe des Randes zuerst ein genauer verjüngter Massstab gezeichnet, der alle jene Eigenschaften besitzt, welche für einen solchen in der Einleitung angegeben wurden.

In technischen Etablissements hat man schon für die häufiger vorkommenden Verjüngungsverhältnisse genaue Transversalmassstäbe auf Metall eingerissen, daher man dort meistens das Zeichnen der Massstäbe erspart.

b. — Nach dem verjüngten Massstabe werden nun die grössten Ausdehnungen des Gegenstandes in den Zirkel genommen, um die ungefähre Lage von Grund- und Aufriss bestimmen zu können, —

Grund- und Aufriss werden gewöhnlich über, — Aufriss- und
Seitenansicht jedoch neben einander gezeichnet. Ist der Platz
für die einzelnen Ansichten beiläufig bestimmt, so geht man
an die weitere Ausführung des Entwurfs dergestalt, dass man
mit dem Einzeichnen der Hauptbestandtheile beginnt, dieselben
im Grund- und Aufrisse unmittelbar aufeinanderfolgend angibt,
so dass ihre Lage und Grösse vollkommen bestimmt ist. Sobald
dies geschehen ist, so wird in's Detail gearbeitet. Es werden die
kleinern und unwesentlichern Bestandtheile an die schon vorhandenen Haupttheile angeschlossen, wobei wieder darauf zu
sehen ist, dass dieselben ebensowohl im Grund- als Aufrisse
vollständig eingezeichnet werden; indem man dadurch besonders bei complicirten Darstellungen, wo oftmals sehr viele
Linien zusammen kommen, den Fortgang der Arbeit beschleu-
nigt und Fehler ferne hält.

Ein ganz bestimmter und detaillirter Vorgang lässt sich
jedoch dafür nicht angeben, wie die einzelnen Theile am besten
und schnellsten einzuzeichnen sind, da dies von jedem speciellen Falle abhängen, und sich darnach ändern wird. Die
gründliche Kenntniss dessen, was im ersten Theile enthalten
ist, wird aber ebensowohl das Entwerfen, wie auch das
Skizziren wesentlich erleichtern.

Sind Grund- und Aufriss, oder überhaupt die Haupt-
ansichten und Durchschnitte vollständig fertig gezeichnet, so
werden die erforderlichen Detailansichten hinzugefügt, und
nach Möglichkeit so um den Grund- und Aufriss vertheilt,
dass leicht zu ersehen ist, wie sie dem Gegenstande anzuschliessen sind. Werden Durchschnitte oder Details vergrössert
gezeichnet, wie dies der Deutlichkeit wegen häufig geschieht,
so müssen selbe einen eigenen Massstab erhalten. Namentlich
im Maschinenfache werden oft von einem Gegenstande nur
Durchschnitte allein angegeben, da diese häufig den Gegenstand schon gänzlich bestimmen. Durchschnitte allein werden
meistens dann mit Vortheil angewendet, wenn es sich um die
sofortige materielle Ausführung, und weniger um ein getreues
Bild des Objectes handelt.

c. Sind durch feine Bleilinien alle Theile genau
eingezeichnet, und hat man sich durch aufmerksames
Durchsehen von der Richtigkeit der ganzen Darstellung überzeugt, so zieht man alle sichtbaren
Kanten durch Tuschlinien von mässiger Breite voll
aus, und gibt die wichtigen verdeckten Kanten durch unterbrochene Tuschlinien an. Die Bedeutung jeder Linie muss beim
Ausziehen dem Zeichner klar sein. Es wäre daher grundfalsch,
zu glauben, dass das Ausziehen eine rein mechanische Arbeit
ist. Das sorgfältige Ueberlegen beim Ausziehen wird dem
Zeichner nicht nur viel Zeit ersparen, sondern auch jeden Fehler
aufdecken, der sich beim Einzeichnen in Blei eingeschlichen
haben könnte. — Für Darstellungen, die colorirt werden, ist
es ferners nothwendig, und für Linearzeichnungen nützlich, ganz frische, d. h. in einer reinen Schale angeriebene
Tusche zu nehmen, da sonst die Contourlinien mit der Farbe
zusammenfliessen, sobald dieselben mit dem nassen Pinsel berührt werden. Die Reihenfolge beim Ausziehen der Linien ist
für ein rasches und praktisches Zeichnen auch nicht ganz
gleichgiltig. Es ist eine Sache der Erfahrung, dass man am
besten verfährt, wenn man zuerst alle Kreise und Kreisbogenstücke, dann alle horizontalen, darauf alle verticalen, hernach
alle schiefliegenden geraden Linien, und ganz zuletzt die
Curven aus freier Hand auszieht. Diese Regel wird fast allgemein befolgt, und wird höchstens in so ferne davon abgewichen, als man die geraden Linien nicht immer ganz
strenge nach der angegebenen Ordnung auszieht.

d. — Ist die ganze Zeichnung rein ausgezogen,
so werden alle Bleilinien mit Gummielastikum, und
die übrigen Schmutzflecke mit Brod herausgenommen, und es bleibt nun bezüglich der weitern Ausführung zu
entscheiden, ob die Zeichnung eine Linearzeichnung bleiben soll, oder ob dieselbe durch Annahme von Licht und
Schatten noch weiter auszuführen ist. Im erstern Falle bleibt
nur mehr das Ziehen der Schattenlinien an eckigen Körpern,
das Schraffiren der Schnittflächen und die Beschreibung zur

gänzlichen Vollendung der Zeichnung übrig. Für den zweiten Fall wird alles zu berücksichtigen sein, was in der Schatten- lehre über die Farbe, Beleuchtung und den Schatten der Körper und Gegenstände gesagt wurde.

Sobald mit Farben gearbeitet wird, muss das Papier vollständig auf das Zeichenbret aufgespannt werden. Um das Aufspannen zu be- werkstelligen, wird das Papier, nachdem man den Rand auf allen vier Rändern etwas umgebogen hat, auf seiner weniger glatten Seite gut mit Wasser benetzt, und alsdann mit der benetzten Seite auf das Zeichen- bret gelegt. Der rund herum aufgebogene Rand wird mit aufgelöstem Gummi bestrichen und auf das Bret gut aufgeklebt. Bevor die mit Gummi bestrichenen Ränder ganz trocken sind, zieht man das Papier gleichmässig nach allen Seiten aus. Nun lässt man das Zeichenbret hori- zontal an einer Stelle liegen, an welcher das Papier nicht zu rasch trocken wird, und erst dann, wenn das Papier vollkommen trocken ist, darf mit dem Zeichnen begonnen werden.

§. 136.

Vollständige Colorirung einer Zeichnung.

Der Vorgang bei der weitern Ausführung (Ausschattirung oder Colorirung) einer Zeichnung, die nach der eben an- gegebenen Weise linear vollendet ist, wird folgender sein: — Zuerst werden alle Schlagschatten, welche man zur Hebung der Deutlichkeit angeben will, construirt und durch feine Blei- linien begrenzt; alsdann wird mit der Ausschattirung so vor- gegangen, dass man bei den dunkelsten Farbentönen beginnt und mit den lichtesten endigt. Man wird daher die Schlag- schatten, als die dunkelsten, zuerst vollständig auszuarbeiten haben. Bei diesen wird mit jenen begonnen, die auf krumme Oberflächen auffallen, da diese am dunkelsten erscheinen. Zeichnet man schon mit einiger Sicherheit, so braucht man die Breiten der Schatten und Farbentöne auf runden Körper- theilen nicht mehr mit Blei anzuzeichnen, sondern man kann diese nach dem Augenmasse unmittelbar mit der Farbe eintragen. Jeder lichtere Schattenton wird über den schon vorhandenen dunkleren darüber gelegt. Von den Schlagschatten auf ebenen Flächen sind bekanntlich die, welche auf stark beleuchtete

Körpertheile fallen, dunkler zu halten. Ausserdem sind schmale Schattenstreifen mit einem stärkern, als dem ihnen eigentlich zukommenden Ton anzulegen, da diese in Wirklichkeit dem Auge dunkler, als breite Schatten auf der nämlichen Ebene erscheinen. Zum Ausarbeiten der Schlagschatten muss ein ziemlich matter Farbenton genommen werden, um erstens die Natur möglichst nachzuahmen, und um auch dadurch die Schattenstellen von den frischern und hellern Flächen, welche directes Licht erhalten, zu unterscheiden. Um wenigstens die Farbe für den Schlagschatten auf den häufigst vorkommenden Materialien anzugeben, wollen wir bemerken, dass für die Schlagschatten auf Holz, Sepia, und für jene auf Eisenbestandtheile eine Mischung aus Neutraltinte und Sepia angewendet wird.

Sind alle Schatten in der Stärke und Abstufung angegeben, wie es bei einer richtigen Zeichnung gefordert wird, so geht man zum Anlegen der beleuchteten Flächen über, wobei wieder mit den runden Körpertheilen begonnen wird, da diese am meisten Sorgfalt und auch die dunkelsten Farbentöne erfordern. Das Anlegen der beleuchteten Flächen geschieht mit einem, dem Materiale entsprechenden Farbenton, zuerst an den Stellen der Trennungslinien zwischen Licht und Schatten, als den dunkelsten. Ueber diese werden dann immerfort lichtere Farbentöne gegeben, bis man zur lichtesten Stelle gelangt. Die ebenen Flächen werden dabei je nach dem Grade ihrer Beleuchtung gleichzeitig angelegt. Die Schattenstellen werden immer mit angelegt, wodurch der oft unvermeidliche scharfe Rand (Wasserrand) derselben verschwindet und die Zeichnung im Ganzen ein weicheres und gefälligeres Aussehen bekommt. Da der Anfänger nicht immer gleich die richtige Stärke jedes Farbentones treffen wird, so muss er hie und da nach vollendeter Colorirung noch mit einem mehr oder minder starken Ton nachhelfen, um den Effect der Zeichnung zu verbessern. Der geübte Zeichner wird sogar mitunter von den Regeln für die Tonstärke etwas abweichen, um den allerbesten Eindruck zu erzielen. Eine solche kleine Abweichung ist um so mehr zu rechtfertigen, als die Erscheinungen der

Beleuchtung und des Schattens in der Natur, für technische Zeichnungen überhaupt nur zum Theile aufgenommen wurden. Die krummen Flächen im Selbstschatten erhalten gewöhnlich zuletzt noch einen blassen Ton mit Terra di Siena, um dadurch die Beleuchtung durch Reflexlicht anzuzeigen. Manchmal wird die ganze Darstellung mit dem Schlagschattentone fertig gemacht, und die verschiedenen Materialien werden erst zuletzt durch Lasiren mit der ihnen zukommenden Farbe charakterisirt.

Will man auf der Zeichnung eine oder die andere Kante des dargestellten Gegenstandes besonders ersichtlich machen, um gewisse Bestandtheile des Objectes gut von einander zu trennen, so kann dies dadurch erreicht werden, dass entweder neben dieser Kante ein ganz schmaler Streifen unangelegt gelassen, oder dass erst nach dem Anlegen, längs der Kante eine feine Linie mit weisser Farbe gezogen wird. — Durch eine solche Linie trennt sich z. B. der Cylinder von der aufgesetzten cylindrischen Platte in Fig. 97.

Manche Zeichner geben auf diese Art auch die sogenannten „Glanzkanten" auf polirten Metallobjecten an.

Um eine Zeichnung rein zu erhalten, darf nicht ohne Auflagepapier gearbeitet werden, damit besonders im Sommer die feuchte Hand nie auf die Zeichenfläche zu liegen kommt. Allein grosse ebene Flächen sind trotz aller Sorgfalt schwer ganz rein und gleichmässig anzulegen, da eine solche Fläche auch ohne Schuld des Zeichners fleckig werden kann, indem die Ursache hiefür häufig in einer Ungleichmässigkeit des Papieres liegt. Um solche Flecke unkenntlich zu machen, ist es bei technischen Zeichnungen üblich, auf den ebenen Begrenzungsflächen der Eisenbestandtheile sogenannte Rostflecke zu erzeugen, während man auf Holzflächen einige Fasern einzeichnet. Die Rostflecke können leicht durch Aufdrücken mit der trockenen Hand auf die noch feuchte Fläche, oder durch einen gut ausgestreiften Pinsel, mit welchem man über letztere stellenweise hinfährt, gemacht werden. Das Material wird dadurch auf der Zeichnung sehr natürlich nachgeahmt, daher diese Manier bei technischen Zeichnungen so allgemein geworden ist, dass man sie für alle grösseren Flächen anwendet, ob dieselben Flecken haben oder nicht. Das Zeichnen solcher Rostflecke muss dem Anfänger ebenso wie die ganze Behandlung der Darstellung mit Farben gezeigt werden. Obwohl sich über das Anlegen einer Fläche etwas ganz Bestimmtes, das für alle Fälle anzuwenden wäre, nicht sagen lässt, so kann dennoch an einigen allgemeinen Bemerkungen festgehalten werden, die dem Zeichner besonders dann als Richtschnur dienen können, wenn er nicht Gelegenheit hat sich das Anlegen zeigen zu lassen.

Vorausgesetzt, dass die Fläche gut gereinigt ist, nimmt man die Farbe, welche auf einer rauhen Glasplatte angerieben, und von dort in eine reine Schale gebracht wurde, nicht zu voll in den Pinsel und beginnt von links oben nach rechts unten durch gleichmässige Pinselstriche so anzulegen, dass die Farbe an jeder Stelle gleich lang stehen bleibt und nirgends eintrocknet. Muss bei einer ausgedehnten Fläche mehrmals Farbe in den Pinsel genommen werden, so ist die Farbe in der Schale zuerst gut umzurühren und der volle Pinsel auf einem reinen Blatt Papier (Auflagepapier) ein wenig abzustreifen, bevor das Anlegen fortgesetzt wird. Nie darf in die schon etwas eingetrocknete Farbe mit dem Pinsel zurück gefahren werden. Auch achte man darauf, dass das Zeichenbret nicht so gedreht werde, dass die Farbe von selbst in die bereits angelegten Stellen zurückfliessen könnte. Man hüte sich ferners vor Wasserrändern, die dadurch leicht entstehen, dass am Ende der Fläche zu viel Farbe in dem Pinsel behalten wird. Gegen das Ende der Fläche wird man daher den Pinsel ausstreifen, was am reinen Papiere, nicht aber dadurch zu geschehen hat, dass der Pinsel durch den Mund gezogen wird, da einige Farben giftige Bestandtheile enthalten.

Es hängt übrigens beim Anlegen auch viel von der Farbe selbst ab, da nicht alle Farben gleich schnell trocken werden, und jedesmal mit solchen leichter anzulegen ist, welche langsamer eintrocknen. Beim Arbeiten mit jenen Farben, welche leicht flecken, wie z. B. Tusche und Karmin, ist es zweckmässig, den geforderten Ton durch mehrmaliges Anlegen mit

durch Wasser stark verdünnter Farbe zu erreichen, wenngleich
auf diese Art etwas an Frische der Farbe verloren geht. — Es
wird ein guter Pinsel und einige Aufmerksamkeit erforderlich
sein, um beim Anlegen nicht über die Contouren hinauszufahren.
Sollte dies dennoch hie und da geschehen, so wischt man
durch eine rasche Bewegung mit dem gut trockenen Finger
die Farbe, so lange sie noch nass ist, über die Contour zurück.

War man genöthigt an irgend einer Stelle, welche angelegt werden muss, zu radiren, so wird dieselbe zuerst mit einer
Alaunlösung überstrichen, wodurch die aufgeriebene Stelle etwas
geglättet wird.

§. 137.

Theilweise Colorirung einer Zeichnung.

Es kommt bei technischen Zeichnungen vor, dass nur
eine Ansicht (in diesem Falle meistens der Aufriss) vollständig
ausschattirt wird, während man die andere linear hält.

Nicht selten wird von einer ganz vollständigen Behandlung durch Farben in so ferne abgewichen, als man nur die
Durchschnitte anlegt, alle runden Theile mit schwarzer Tusche
schraffirt, und von den Schlagschatten nur jene angibt, welche
hauptsächlich zur Deutlichkeit des Gegenstandes beitragen.
Als solche müssen besonders diejenigen bezeichnet werden,
welche auf Körper mit krummen Oberflächen auftreffen, indem diese dadurch gleich viel plastischer hervortreten. Alle
ebenen Flächen werden für diesen Fall ganz weiss gelassen. —
Diese Methode der Haltung technischer Zeichnungen ist sehr
zweckmässig, da die Ausführung bedeutend weniger Zeit in
Anspruch nimmt, als eine vollständige Colorirung, und für
einen nur theilweise geübten Beobachter ebenso verständlich
ist, als die andere.

Am häufigsten jedoch trifft man technische Zeichnungen,
auf welchen bloss die Schnittflächen allein colorirt werden. Für
diesen Fall werden die von der Schnittebene getroffenen Materialien mit den gebräuchlichen Farben gleichmässig angelegt. —
Nicht selten werden die bereits angelegten Schnittflächen auch
noch schraffirt. Da jedoch schon durch das verschiedene Colorit

die Materialien unterschieden werden, so kann man durchwegs einerlei Richtung und Abstand der Schraffirstriche beibehalten.

§. 138.

Beschreibung der Zeichnungen.

Ist eine Darstellung nach der einen oder andern Manier so weit vollendet, als bisher angegeben wurde, so fehlt nur mehr die Beschreibung. Indem man dabei alles Ueberflüssige weglässt, darf auf nichts Wesentliches vergessen werden. Die Dimensionen werden gewöhnlich mit rother Tinte eingetragen. In jedem Falle sind die Zahlen klein, aber deutlich zu schreiben, und müssen nach Bedarf die Bezeichnungen (') Schuhe, ('') Zolle etc. beigefügt haben, damit an der ganzen Darstellung nichts unbestimmt bleibt. Die Zahlen sollen so gestellt werden, dass sie nur dann ganz bequem und deutlich gelesen werden können, wenn man die Linien, deren Längen sie bezeichnen, gerade vor sich hat. Der Anfang und das Ende einer Linie, für welche die darüber geschriebene Zahl die Länge angibt, werden gewöhnlich durch zwei kleine Winkel bezeichnet. Siehe (Fig. 115).

Fig. 115.

Müssen an einer bereits vollendeten Zeichnung Veränderungen oder Correcturen vorgenommen werden, so pflegt dies mit rother Tinte zu geschehen.

Erst durch Uebung wird man es dahin bringen, einer Zeichnung eine richtige und zugleich auch gute Haltung zu geben, und ebenso wird man nur durch Uebung dahin ge-

langen, technische Zeichnungen schnell und genau zu verstehen. Bei der Darstellung wird übrigens vieles immer Ge-
schmacksache bleiben, darum ist anzurathen, dem Anfänger
durch gute Vorlagen, die er häufig ansieht, einen richtigen
Geschmack beizubringen.

Von den Methoden, nach welchen technische Objecte gezeichnet werden, wurden nur diejenigen erwähnt und allgemein
erörtert, welche sich in der Praxis am meisten Eingang verschafft haben und die je nach dem Zwecke der Zeichnung am
häufigsten angewendet werden. — Das über den Vorgang beim
Skizziren und Entwerfen, so wie alles über die Haltung der
Zeichnungen Gesagte, sind Rathschläge, die auf einer mehr-
jährigen Erfahrung im technischen Zeichnen beruhen.

Wir wollen nunmehr diese allgemeinen Bemerkungen
vereint mit den Grundsätzen des ersten Theils auf specielle
Aufnahmen kleinerer Maschinen- und Schiffsbestandtheile anwenden, die in der lithographirten Tafel *A* dargestellt sind.

**Beispiele über das Skizziren und Entwerfen von technischen
Objecten.**

§. 139.
Skizze eines Steuerruders.

In der Fig. 1 (Taf. *A*) ist die Skizze eines Steuerruders
mit schmiedeeisernem Stamme und Bronzebeschlägen dargestellt.
Derartige Steuerruder sind auf S. M. Panzerfregatten „Drache"
und „Salamander" angewendet.

Die Skizze ist so weit ausgeführt, dass durch dieselbe
nicht nur jeder vom Steuerruder eine deutliche Vorstellung bekommt, sondern dass darnach auch ein genauer Entwurf gezeichnet werden kann, da alle wesentlichen Theile mit ihren
Dimensionen in derselben enthalten sind.

Ein Steuerruder ist, im Ganzen genommen, gewiss ein
äusserst einfacher Apparat, den man beim Ansehen allsogleich
versteht. Ebenso ist der Zweck der einzelnen Theile leicht
einzusehen. Die Bronzebänder um das Steuer halten die ein-

zelnen Theile, aus welchen es zusammengesetzt ist, hauptsächlich zusammen. Dieselben sind durch und durch verbolzt.
Die Sohle des Steuers wird unten durch die kupfernen Nägel
p... und seitwärts durch die Bronzebänder an den Körper
des Ruders fest angeschlossen. Die Sohle ist aus Eichenholz,
während die übrigen Theile des Steuerruders aus gutem Lärchen-
holz zusammengefügt sind. *r*, *r* sind zwei starke kupferne
Ringe, durch welche Taue gezogen werden können, um damit
das Ruder aus den Fingerlingen etwas heben, oder auch ganz
hissen zu können.

Bevor wir zum Vorgange bei der Darstellung des Steuerruders übergehen, wollen wir noch zeigen, aus was für einfachen
Körpern dasselbe zusammengesetzt ist, um möglichst einfach
und natürlich an die Darstellungen des ersten Theiles anzuschliessen. — Das Steuerruder allein kann als Theil eines birn-
förmigen Rotationskörpers betrachtet werden, welcher durch
zwei parallele Schnitte aus demselben herausgenommen wurde.

Die in der Skizze noch weiters vorkommenden hölzernen
Balken als: der Steuerrudersteven *B*, der Achtersteven *C* und
der Kiel *A* sind nichts anderes, als gerade vierseitige Prismen
aus Holz, in der ganz einfachen Form und Lage, in welcher
solche schon im ersten Theile dieses Leitfadens betrachtet und
dargestellt wurden. Ein Unterschied besteht einzig darin, dass
diese Körper hier im Zusammenhange vorkommen, was jedoch
die Darstellung kaum erschweren wird. Der eiserne Stamm
des Steuers ist ein gerader Kreiscylinder, dessen unteres Ende
die Form einer abgestutzten Pyramide hat. Die Bronzebeschläge endlich sind kleine prismatische Körper, die nach Er-
forderniss gekrümmt und gebogen wurden.

In den Durchschnitten erscheinen natürlich auch nur
diese einfachen Körper geschnitten. Bei der Bestimmung der
Schnitte hat man nur zu überlegen, wie dieselben aneinander
gefügt sind. — Die Darstellung des ganzen Steuers kann daher
keiner Schwierigkeit unterliegen, sobald man diese einfachen
Körper der Reihe nach einzeln in's Auge fasst; vorausgesetzt,
dass man einfache Körper richtig darzustellen im Stande ist,

was nur dann der Fall sein wird, wenn der Anfänger die Darstellungen des ersten Theils fleissig geübt hat.

Beim Zeichnen der in Fig. 1 (Taf. A) angegebenen Skizze wurde nun dergestalt vorgegangen, dass nach der Wahl der Lage des Steuerruders gegen die Zeichenfläche, zuerst die ganze Höhe und die grösste Breite oberflächlich abgemessen, und nach diesen Abmessungen die Hauptumrisse des Steuers am Papiere angegeben wurden, wie die . hier beigegebene Fig. 116 darthut. Hierauf wurden der Steuerrudersteven B,

Fig. 116.

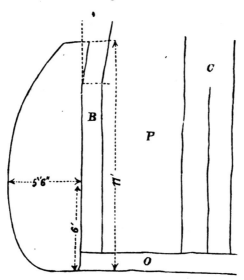

der Achtersteven C und das Stück A des Kieles hinzuskizzirt, wodurch der Propellerbrunnen P erhalten wurde. Sobald dies geschehen war, unterlag es bei einiger Aufmerksamkeit keiner Schwierigkeit mehr, die weitern Bestandtheile des Steuerruders nach dem Augenmasse in einem möglichst richtigen Verhältnisse einzuzeichnen. Von diesen wurde zuerst das im Ruder steckende untere Ende des schmiedeeisernen Stammes genauer angegeben und alsdann die Bronzebeschläge der Reihe nach eingezeichnet. Es wurde für diesen Fall in so weit vom früher angegebenen allgemeinen Vorgange beim Skizziren abgewichen, als der Aufriss vollständig fertig gezeichnet wurde, da hier durch die Seitenansicht nur wenig vom ganzen Entwurfe ergänzt wird. Die Seitenansicht des ausgehobenen Steuerruders war nicht so, wie der Aufriss, ganz zu sehen; es musste daher die Vorstellung zu Hilfe kommen, um dieselbe vollständig anzugeben. Diese Ansicht wurde dergestalt neben den Aufriss gestellt, dass alle Theile des Aufrisses mit jenen der Seitenansicht entsprechend correspondiren. Bei der Lage, die dem Steuer in der Zeichnung gegeben wurde, erscheinen die Höhen- und Breitendimensionen im Aufrisse, und die Dicke an der innern Seite in der Seitenansicht in der wahren Grösse der Zeichnung. — Um die Dimensionen des Steuerruders auch an einigen andern Stellen anzugeben, wurden noch die zwei Querschnitte nach *mn* und *ab* geführt, und etwas vergrössert seitlich hinzugefügt. Dieselben geben die Stärke des Holzes und der Bronzebeschläge an den Schnittstellen an. Der Schnitt nach *mn* zeigt die unterste Fläche des schmiedeeisernen Stammes, der mit seinem pyramidalen Ende in dem obersten starken Bronzebeschlag 10 Zoll tief eingesenkt ist. Ferner wird durch denselben der Bronzebeschlag selbst, das Holz des Steuerruders und der Steuerrudersteven *B* geschnitten. Der Schnitt nach *ab* schneidet das Steuerruder an der Stelle der grössten Breite, dann einen Ruderhaken und den Steuerrudersteven. Die Schnitte waren natürlich nicht wirklich vorhanden, sondern mussten durch die Vorstellung gezeichnet werden.

Die nothwendigen Dimensionen wurden mit einem guten Massstabe abgemessen und in die Skizze eingetragen. Die Dimensionen werden immer in jener Ansicht hinzugeschrieben, in welcher sie die Deutlichkeit der Skizze am wenigsten beeinträchtigen und doch leicht aufzufinden sind. Dieselben wurden daher auch hier auf alle Ansichten und Schnitte vertheilt, wie aus der Skizze ersichtlich ist. — Für die Bronzebeschläge wurden die Stärken nur an einigen Stellen angegeben, da dieselben für alle gleichgeformten Beschläge, die am Steuer vorkommen, nahezu gleich sind.

Zur noch grössern Deutlichkeit der Skizze wurden nachträglich alle Bronzebeschläge gelb, und der Stamm des Ruders im Durchschnitte *m n* und an derjenigen Stelle, an welcher er als abgebrochen gezeichnet wurde, blau angelegt, um die Materialien besser von einander unterscheiden zu können.

Aufgabe: Man zeichne nun nach dieser Skizze zur Uebung, den genauen Entwurf des Steuers nach den vorhin gegebenen Anleitungen, wenn der verjüngte Massstab $1'' = 1'$ angenommen wird, und arbeite denselben vollständig mit Farben aus.

Es wurde in der Schattenlehre angeführt, dass man bei technischen Zeichnungen für die wichtigern Materialien gewisse conventionelle Farben anwendet. Wir geben für die wichtigsten dieser Materialien, die im Maschinen- und Schiffbaufache Anwendung finden, in nachfolgender Tabelle die üblichen Farben an:

Material	Farbe oder Farbenmischung
Gusseisen	Reine Neutraltinte.
Schmiedeeisen	Berlinerblau und wenig Neutraltinte.
Stahl	dto.
Bronze	Gummigutti und Terra di Siena.
Weiches Holz	Gummigutti und Karmin.
Hartes Holz	Sepia und Terra di Siena.
Kupfer	Karmin und Zinnober.
Wasser	Reines Berlinerblau.

Bei allen Farbenmischungen bleibt dem Zeichner ein bedeutender Spielraum hinsichtlich des Quantums jeder der zu mischenden Farbe. Man soll jedoch durch die angeführten Farben die Naturfarbe der Körper möglichst nachzuahmen trachten.

Bezüglich der Wahl der Farben und der Pinsel, empfehlen wir: Ackermann's-Farben und Cherion-Pinsel.

§. 140.

Entwurf eines gusseisernen Axenlagers.

Die Fig. 2 (Taf. *A*) stellt den Entwurf eines gusseisernen Axenlagers vor. Zwei derartige Lager sind auf S. M. Korvette „Helgoland" zur Führung der Propelleraxe (im Tunnel) angebracht.

Durch nähere Betrachtung verschafft man sich die Ueberzeugung, dass dieses Axenlager dem Wesen nach aus drei Theilen zusammengesetzt ist. — Das eigentliche Lager für die Axe ist ein hohler, horizontal liegender Kreiscylinder. Derselbe besteht aus dem Deckel (*ba cc ab*) und der Pfanne (*ba ff ab*), die im Zusammenhange die Propelleraxe umschliessen. Diese zwei Theile sind durch die Schrauben *S, S* untereinander, und beide zusammen durch die vier gleichen Schrauben *m*... mit der Platte *A B* fest verbunden. Durch die Platte *A B*, welche das ganze Lager trägt, wird dasselbe vermittelst der Schrauben *o*... auf starken Balken am Schiffe unverrückbar aufgeschraubt. — Zwischen dem Deckel und der Pfanne des Lagers sind die Holzklötze *ab, ab* zur Regulierung der Entfernung beider Theile angebracht. *f, f* sind schmiedeeiserne Keile, welche an den angegebenen Stellen eingetrieben werden, sobald das Lager auf der Platte *A B* einmal aufgeschraubt ist.

Von Wichtigkeit ist das Einschmieren des Lagers (resp. der Axe), wesshalb hiefür auf mehrfache Weise gesorgt ist. An den innern Wänden des Lagers, bei *n, n, n, n,* ist auf geringe Tiefe Babit's Weissmetall (eine Legirung aus Zinn, Blei und Wismuth) eingelassen. Dasselbe ist sehr weich, gibt schon an und für sich, und in erhöhtem Grade mit dem durch die Dochte *d, d,* auf die Axe träufelnden Oele ein selbstständiges Schmiermittel ab, welches an Bord nachgefüllt werden kann, falls es stark consumirt wird. Wenn die Maschine jedoch lange mit voller Kraft arbeitet und die Propelleraxe warm läuft, so ist dieses Schmiermittel nicht ausreichend, wesshalb für diesen Fall durch die Röhre *g* kaltes Wasser auf die Axe geleitet wird, um dieselbe abzukühlen. Das Wasser wird zu diesem Zwecke durch einen eigens angebrachten Schlauch, aus einer durch den ganzen Tunnel führenden gusseisernen Röhre nach *g*, und von dort auf die Propelleraxe geleitet.

Nach der gegebenen Erklärung wird der Entwurf vollkommen verstanden werden können. — Hinsichtlich des Vorgangs beim Zeichnen ist der Weg folgender: Nachdem die Lage des Axenlagers gegen die Projectionsebenen gewählt ist, wird der verjüngte Massstab am Rande (gewöhnlich am untern) des Papiers gezeichnet. Auf demselben ist in der Figur $1'' = 1'$, wofür das Verjüngungsverhältniss $^1/_{12}$ besteht; d. h. jede Dimension am wirklichen Axenlager ist zwölfmal so lang, als die gleichnamige auf der Zeichnung. Bei der Darstellung des Entwurfs nach der Skizze (so wie auch beim Skizziren) wurde vom Mittelpunkte des Lagers ausgegangen, nachdem, wie bereits bemerkt, zuvor die Lage der Ansichten bestimmt wurde.

Da der Aufriss des hohlen Cylinders, welcher das Lager bildet, als Kreis erscheint, so wird zuerst nach dem verjüngten Massstabe ein Kreis von $11^1/_4$ Zoll Durchmesser gezeichnet, der die lichte Weite des Lagers angibt. An diesen innern Kreis werden nun alle daran sich anschliessenden und umliegenden Theile der Reihe nach hinzugezeichnet. Und zwar geht man dabei in der Art vor, dass man zunächst alle Mittellinien der Schrauben sowohl im Auf- als Grundrisse angibt. Sobald dies geschehen, so ist das weitere Einzeichnen der Bestandtheile äusserst einfach. Einiges, wie z. B. die Schraubenköpfe, wird zuerst im Grundrisse, andere Theile wieder werden zuerst im Aufrisse angezeichnet, wie es gerade einfacher ist, und wie sich dies während des Zeichnens von selbst ergibt.

In der Fig. 2 (Taf. *A*) ist das Axenlager gerade so dargestellt, wie man es bei vielen technischen Gegenständen macht, die sich in gleiche Hälften zerlegen lassen. Es ist nämlich vom Aufrisse nur die eine Hälfte des Lagers angegeben, da die zweite dieser ganz gleich ist. An den halben Aufriss wurde wieder nur der halbe Längenschnitt durch die Mitte des Lagers angeschlossen. Da die zweite Hälfte dieses Schnittes der ersten gleich ist, so konnte sie wie die halbe vordere Ansicht weggelassen werden. Im Durchschnitte wurden die geschnittenen Flächen, dem Materiale entsprechend, angelegt und schraffirt, während die Ansicht linear gehalten ist.

Aus dem Durchschnitte ist ganz klar zu ersehen, dass der Deckel des Lagers von der Pfanne abgehoben werden kann, sobald die Schraubenmuttern *S, S* abgeschraubt werden, —

168

und dass nach Entfernung der Schrauben *m* ebenfalls die Pfanne von der Platte *AB* weggenommen werden kann.

Im Aufrisse und Durchschnitte sind die Höhen und Längendimensionen, und im Grundrisse die Breiten des ganzen Lagers sowie der einzelnen Theile enthalten. Ausserdem ist die Vertheilung, die Lage und die Anzahl aller Schrauben aus dem Grundrisse zu entnehmen. Manchmal gibt man auf technischen Zeichnungen den Grundriss dergestalt an, dass eine Hälfte die Draufsicht und die zweite die Druntersicht vorstellt. Dies geschieht meistens dann, wenn die Zeichnung bestimmt ist, der wirklichen Ausführung des Gegenstandes vorzuliegen.

Das Schmiergefäss *cc*, welches mit dem Deckel des Lagers aus einem Stück gegossen ist, wurde auch in der Seitenansicht dargestellt, um das Gefäss für das Oel, in welches die Dochte *d,d* eintauchen, und jenes *g*, das zur Zuleitung des kalten Wassers bestimmt ist, besser ersichtlich machen zu können. Anstatt dieser Seitenansicht könnte auch ein Durchschnitt durch dieses Gefäss senkrecht auf die Zeichenfläche substituirt werden.

Die Dimensionen sind am Entwurfe nicht eingetragen, dafür ist der genaue verjüngte Massstab angegeben, nach welchem jede einzelne Länge leicht bestimmt werden kann.

Aufgabe. Man betrachte die Darstellung dieses Axenlagers als Skizze und zeichne darnach zur Uebung, für einen Massstab von $1^1/_4'' = 1'$, den ganzen Entwurf. Für denselben ist der vollständige Aufriss und Längenschnitt, so wie auch ein vollständiger Querschnitt durch die Mitte des Lagers anzugeben. Der Aufriss ist alsdann ganz mit Farben auszuführen. Die Durchschnitte sind anzulegen und zu schraffiren.

Ganz ähnlich, wie das eben beschriebene, in Fig. 2 (Taf. *A*) dargestellte Axenlager, sind auch die für die Propelleraxe auf S. M. Panzerfregatte E. F. Max angewendeten, nur sind die Dimensionen andere, da der Durchmesser der Propelleraxe, und somit auch die innere Weite des Lagers 15 Zoll beträgt.

§. 141.

Entwurf einer Unschlitt-Vase zum Einschmieren der Dampfcylinder.

Um durch ein Beispiel zu zeigen, dass oft Durchschnitte allein zur vollständigen Bestimmung eines Gegenstandes hinreichen, wurde in Fig. 3 (Taf. *A*), eine Unschlitt-Vase zum Einschmieren der Dampfcylinder nur im Durchschnitte dargestellt. Dieselbe ist in der dreifachen Grösse der Zeichnung auf S. M. Panzerfregatte „E. F. Max", und in etwas kleinerem Massstabe auf S. M. Corvette „Helgoland" in Anwendung. Der dargestellte Durchschnitt ist parallel zur Zeichenfläche geführt, daher sind auch alle Linien und Flächen, welche in der Schnittebene liegen, parallel zur Zeichenfläche, und erscheinen desshalb in der wahren Grösse der Zeichnung. Dieser eine Durchschnitt durch die Mitte der Vase bestimmt dieselbe vollkommen, wesshalb jede weitere Ansicht überflüssig ist.

Ein deutliches Bild von der Vase bekommt man unmittelbar durch den Schnitt freilich nicht; allein ein solches ist bei technischen Zeichnungen niemals die Hauptsache. Wenn man sich jedoch nur einige Vorstellungsgabe angeeignet hat, so wird man sich die äussere Form der Vase zu dem Durchschnitte leicht hinzudenken können, da der Haupttheil der Vase ein Rotationskörper ist. Man könnte aber umgekehrt aus einem täuschenden perspectivischen Bilde von der Vase, unmöglich auf ihre innere Einrichtung schliessen.

Die ganze Vase wird mittelst der Schraube *S* am Dampfcylinder aufgeschraubt. Die weitere Einrichtung ist nun so getroffen, dass bei *a*, durch die Röhre *a r*₁ in der Richtung des beigesetzten Pfeiles Dampf in dieselbe eintreten kann, sobald der Hahn *h*₁ offen ist. Der Dampf gelangt in die zwei Hohlkugeln *n* und *m*, deren Räume durch den obern Hahn *h* in Verbindung gesetzt, oder abgesperrt werden können. Sind die Hähne *h* und *h*₁ (oder auch nur *h*₁ allein) geschlossen, so kann der obere Deckel der Hohlkugel *m* abgehoben, und in dieselbe Unschlitt gefüllt werden. Wird nun, nachdem dies geschehen ist, der Deckel wieder aufgesetzt, und der Hahn h geöffnet, so wird durch die Wärme das Unschlitt schmelzen und es wird durch die Bohrung c in das untere Gefäss n fliessen, in welchem sich nach kurzer Zeit das ganze Unschlitt ansammelt. Das Herabfliessen des Unschlitts wird noch dadurch befördert, dass beim Oeffnen des Hahnes h, der in der Hohlkugel n eingesperrte Dampf durch die Röhre r in den obern Raum m treten, und das Unschlitt herabdrücken wird.

Soll nun der Dampfcylinder geschmiert werden, so schliesst man den Hahn h und öffnet den h_1. Durch das Schliessen des obern Hahnes h wird jede Verbindung des Gefässes n mit jenem m unterbrochen, da der Hahn h beide Röhren (r und c) gleichzeitig abschliesst. — Durch das Oeffnen des untern Hahnes h_1, tritt der Dampf bei a ein, gelangt durch die Röhre r_1 nur in die Hohlkugel n allein, und drückt das in diesem Gefässe angesammelte Unschlitt durch die Bohrung b in den Dampfcylinder. Sobald genug Unschlitt in den Cylinder gelangt ist, wird der Hahn h_1 wieder geschlossen (wodurch beide Röhren (r_1 und b) abgesperrt werden; also weder Dampf ein-, noch Unschlitt austreten kann. Auf das Schliessen des obern Hahnes h darf, bevor der untere geöffnet wird, nie vergessen werden, da sonst der Deckel des Gefässes m und alles Unschlitt durch den einströmenden Dampf weggeschleudert würde.

Bei der Darstellung zieht man zuerst die Verbindungslinie der Mittelpunkte beider Hohlkugeln, und trägt auf diese den Abstand der beiden Mittelpunkte auf. Von diesen ausgehend, lässt sich der ganze Durchschnitt am allereinfachsten fertig zeichnen, denn die Mittelpunkte der zwei durchbrochenen Vollkugeln, in welchen die Hähne h und h_1 stecken, liegen ebenfalls in dieser Verbindungslinie, die ausserdem auch noch die Mittellinie der Schraube S ist. Man wird somit auch die Mittelpunkte der Vollkugeln bestimmen, und von allen vier Kugelmittelpunkten aus die Kreise beschreiben, nach welchen die Oberflächen der Hohl- und Vollkugeln geschnitten werden. Die Axen der konisch geformten Hähne ge-

hen durch die Mittelpunkte der zwei Vollkugeln und stehen
senkrecht auf der Verbindungslinie aller Kugelmittelpunkte. Um
die zwei Hähne möglichst deutlich hervortreten zu lassen,
wurden dieselben nur zum Theile geschnitten. Ausserdem wurden nur die Schnittflächen der Hähne schraffirt und alle übrigen
geschnittenen Flächen einfach angelegt.

Die Unschlitt-Vase ist aus Bronze angefertigt. Die zwei
Röhren r und r_1 jedoch sind aus Munzmetall, und die Griffe
der beiden Hähne h und h_1 sind mit Holz bekleidet, damit
man sie angreifen und bequem drehen kann, was ohne Ver-
kleidung nicht möglich wäre, da durch den einströmenden
Dampf die ganze Vase sehr heiss wird. Alle Theile der Vase
sind gut abgedreht und vollkommen polirt.

Bei der Darstellung dieses Durchschnittes wurden weder
die Dimensionen, noch ein Massstab dafür verzeichnet; anstatt
dessen wurde das Verhältniss der Zeichnung zur Naturgrösse
der Vase angegeben. Man hätte bei der wirklichen Ausführung
nur jede Länge der Zeichnung dreifach zu nehmen.

Aufgabe: Man stelle als Uebung den Durchschnitt für
die Naturgrösse der Vase dar.

Wenn bei technischen Zeichnungen eine Schraube in so kleinem
Massstabe angegeben werden muss, wie z. B. jene S in Fig. 3 (Taf. A),
so wäre es zu mühsam und umständlich, wirklich die Schraubenlinien
zu construiren, welche die Contour der Schraube bestimmen. Man ersetzt
die Schraubenlinien diesfalls durch Gerade, die in der Art angegeben
werden, wie an der Schraube S zu sehen ist. Für Schrauben in noch
kleinerem Massstabe wie z. B. für jene, die in Fig. 2 (Taf. A) enthalten sind, wird auch die äussere Begrenzung nicht mehr angegeben,
sondern man zieht nur kürzere und längere Linien unter einem grossen
Neigungswinkel gegen die Mittellinie der Schraube. Es ist dies auch
vollkommen genügend, da sich bei den Schrauben alle Dimensionen nach
dem Spindeldurchmesser richten, der allein genau gegeben sein muss.

§. 142.

Entwurf eines Shrapnels für Bogenzug-Geschütze.

Bei manchen artilleristischen Objecten, wie z. B. bei Ge-
schossen, werden auch oftmals nur Durchschnitte allein ge-

zeichnet, da diese nicht nur die Beschaffenheit solcher Gegenstände im Innern deutlich wiedergeben, sondern auch alle
Angaben enthalten, welche die materielle Anfertigung derselben möglich machen.

In Fig. 4 (Taf. *A*) ist ein Längen- und Querdurchschnitt
eines Shrapnels für Bogenzug-Geschütze gezeichnet.
Solche Spitzgeschosse bilden auch die Munition der vier- und
achtpfündigen Ausschiffungsgeschütze (Bootsgeschütze) auf den
österreichischen Kriegsschiffen.

Der Längenschnitt ist durch die Axe des vertical gestellten Geschosses, — der Querschnitt nach mn (also senkrecht auf die Längenaxe) geführt. Die beiden Durchschnitte
sind für die gänzliche Bestimmung des Shrapnels vollständig
ausreichend, da die einzelnen Bestandtheile desselben Cylinder
und einfache Rotationskörper sind, deren Theile an der Schnittfläche in der wahren Grösse der Zeichnung erscheinen.

Das Shrapnel besteht aus einem gusseisernen Kern k,
dessen hohler Raum durch die schmiedeeiserne Platte s in
zwei Theile (a und b) getheilt wird. Der Raum a ist mit der
Sprengladung (Gewehrpulver) gefüllt; jener b enthält zinkerne
oder bleierne Kugeln, die durch das mit der Schraube c
verschliessbare Füllloch eingeführt, und deren Zwischenräume
mit Schwefel ausgegossen werden. d ist ein über den Kern
des Geschosses gegossener Mantel, von der genauen Form
des gezogenen Geschützrohres. Derselbe besteht ebenso, wie
die Schraube c, aus einer Legirung von Zinn und Zink. Durch
den Raum b geht die leere Messingröhre r hindurch, welche
unten offen, oben aber durch ein ganz dünnes Messingblättchen
verschlossen ist. In die obere Oeffnung des Kerns k (Mund-
loch) ist ein Distanz-Ringzünder Z eingeschraubt. Dieser
Distanzzünder besteht aus dem Zünderkörper p, aus der Satzscheibe p_1, dann aus der Deckplatte s_1, der Schraubenmutter t
und dem Befestigungsstifte u. Die zwei erstgenannten Theile p
und p_1 bestehen aus einer Legirung von Zinn und Zink, und
die drei letztern s_1, t und u sind aus Schmiedeeisen. Der
hohle Raum v im Zünderkörper p enthält die Schlagladung

(Scheibenpulver) und steht durch den Zünder canal *w* mit der mit Mehlpulver gefüllten Satzscheibe in Verbindung. Die Satzscheibe hat eine Tempiröffnung, in welcher eine Stopine steckt, die aussen durch Zinnfolie verschlossen ist.

Die Satzscheibe sammt der Deckplatte sind drehbar, wodurch eine genaue Tempirung möglich ist, auf die näher einzugehen hier aber nicht der Platz ist. Wir constatiren nur, dass nachdem beim Abfeuern des Geschützes die Stopine in der Tempiröffnung entzunden wird, dieselbe das Feuer der Füllung der Satzscheibe mittheilt, von welcher aus durch den Zündercanal *w* die Schlagladung *v* entzunden wird. Durch die Entzündung der Schlagladung wird das dünne Messingblättchen, welches die leere Röhre *r* bedeckt, durchgeschlagen und der Feuerstrahl gelangt aus *v* durch *r* nach *a* und entzündet daselbst die ganze Sprengladung. Das Geschoss wird in diesem Momente zertrümmert, die Kugeln werden mit grosser Gewalt auseinander geschleudert, der Schwefel, welcher die Zwischenräume der Kugeln ausfüllte, wird entzunden und ebenfalls nach allen Richtungen auseinander geworfen.

Bei der Darstellung der beiden Durchschnitte geht man wieder von der Mittellinie des Geschosses aus. Man zeichnet einen Bestandtheil nach dem andern ein, und zwar in der Reihenfolge, in welcher die Bestandtheile bei der Beschreibung genannt wurden. Zuerst wird man also den Kern und seine Nebenbestandtheile, dann den Zeitzünder mit allen seinen Theilen genau einzeichnen.

Die Durchschnitte wurden linear gehalten. Dies geschieht bei ähnlichen artilleristischen Gegenständen fast immer, weil zu viele verschiedene Materialien vorkommen und man durch die Farben an Deutlichkeit nichts gewinnen würde, indem sich viele Farben, wie z. B. jene für Gusseisen, Zinn und Zink etc. gleichen, und oftmals nur verwirren könnten. Man schraffirt daher einfach die Schnittflächen der einzelnen Materialien in verschiedenen Richtungen und verschiedenen Breiten, und gibt, wenn dies nicht selbstverständlich ist, die Materialien in einer kurzen Notiz an. Die beiden Durchschnitte wurden in der angegebenen Weise schraffirt, und die Materialien sind in der oben angegebenen Beschreibung des Geschosses enthalten.

Die Grösse des ganzen Geschosses, so wie die Grössen der einzelnen Theile sind auf der Zeichnung in ganz richtigem Verhältnisse gezeichnet, und können daher jedem Geschützdurchmesser leicht angepasst werden. Dabei wird sich jede Dimension in demselben Verhältnisse ändern, in welchem sich der Bohrungsdurchmesser des Geschützes gegen den Durchmesser des in Fig. 4 (Taf. A) dargestellten Geschosses ändert.

Auf diese Art werden technische Zeichnungen immer dann ausgeführt, wenn es sich hauptsächlich um die Erklärung der Bestimmung, der Einrichtung und des Gebrauches der verschiedenen Gegenstände und ihrer Theile handelt.

§. 143.

In der Taf. A wurde die Darstellungsweise technischer Objecte in vier Beispielen durchgeführt. Die Objecte, welche für die Darstellung gewählt wurden, sind einfach, weil solche der Anfänger leichter verstehen kann und die Methode der Darstellung doch dieselbe bleibt. Es wurde für alle vier Fälle kurz angegeben, wie man bei der Darstellung vorzugehen hat, um die Entwürfe am einfachsten, schnellsten, genauesten und deutlichsten herzustellen. Da die dargestellten Gegenstände nicht, wie in Wirklichkeit, vor der Darstellung betrachtet und untersucht werden konnten, so wurden dieselben in Kürze beschrieben, um dadurch zu einer klaren Vorstellung derselben zu gelangen. Alsdann wurde die Lage gegen die Zeichenfläche angenommen und zur Darstellung geschritten. Die Grössen der Gegenstände auf der Zeichnung gegen jene der Natur wurden in jedem Beispiele verschieden angegeben, da man alle vier Grössenangaben auf technischen Zeichnungen antrifft. In der Skizze des Steuerruders wurden alle Dimensionen durch Zahlen eingetragen. Beim Axenlager ist der verjüngte Massstab angegeben, nach welchem jede Länge leicht bestimmt und abgenommen werden kann; — bei der Unschlitt-Vase ist das Verhältniss zur natürlichen Grösse derselben angegeben, und bei der Darstellung des Shrapnels sind nur die einzelnen Theile zu einander im richtigen Grössenverhältnisse gezeichnet. Je nach dem Zwecke der Zeichnung wird entweder die eine oder die andere dieser Methoden angewendet.

Diese zusammengestellten Beispiele sind genau nach den allgemeinen Grundsätzen und Regeln des technischen Zeichnens ausgeführt; — dieselben werden daher manches zum Verständnisse solcher Zeichnungen besonders dann beitragen, wenn auch die frühern Paragraphe gewissenhaft durchgesehen wurden. Kleine und unbedeutende Abweichungen, die man manchmal antreffen könnte, werden sich immer auf die angegebene allgemeine Darstellungsweise zurückführen lassen. Einzelne Verschiedenheiten auf technischen Zeichnungen lassen sich übrigens leicht erklären, da häufig ein und derselbe Gegenstand in verschiedenen technischen Zweigen, eine ungleich wichtige Bedeutung hat. — Das Geschäft des Architekten ist von dem eines Mechanikers, und beide wieder von dem eines Schiffbauers äusserst verschieden, wenngleich sich jeder mit der Anfertigung technischer Objecte befasst. Wenn man jedoch nur bedenkt, dass ein wichtiges Material in einem technischen Fache, in einem andern nur mehr eine untergeordnete Rolle spielt oder vielleicht auch gar nicht mehr brauchbar ist; — wenn man ferner bedenkt, dass die wichtigsten technischen Gegenstände, als: Gebäude, Schiffe und Maschinen, zu ganz verschiedenen Zwecken dienen, aus verschiedenen Materialien hergestellt werden, und verschiedenen zerstörenden Einflüssen widerstehen müssen, so wird man begreifen, dass in jedem technischen Fache, bei der Herstellung der Objecte andere Umstände zu berücksichtigen sind, die auch bei der Darstellung manche Verschiedenheit nach sich ziehen können. Es werden in Folge dessen die Maschinen- und Schiffbau-Zeichnungen mit den architektonischen und Bau-Zeichnungen in allen Einzelnheiten nicht immer ganz übereinstimmen, allein die Darstellung im Ganzen, das Wesen derselben, bleibt für alle Fälle und in allen technischen Zweigen ein und dasselbe.

Fig. 4

Shrapnel

für Bogenzug - Geschütze

(angw. als Munizion für die Bootsgeschütze S.M. Kriegs - Schiffe.)

Längenschnitt.

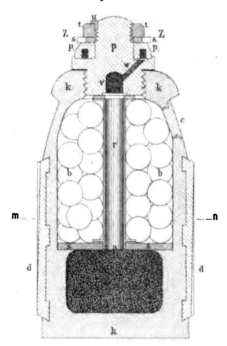

Querschnitt nach m n

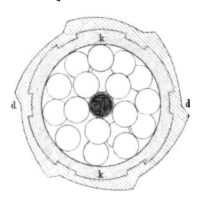